안 먹어도 배부르다

안 먹어도 배부르다

유재원 · 유병곤 그리고 쓰다

빛날
희

당신의 이름을 불러주고 싶어요

아기를 낳고 나니 자연스레
내 이름보다 아이 이름으로 더 많이 불린다.

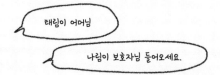

첫째 태림이가 처음 어린이집에 들어갔을 때

그리고 첫째 세 돌을 앞두고
둘째가 걷기 시작하면서부터
그리 어색했던 '엄마'라는 말이 익숙해졌다.

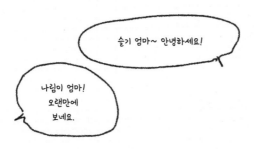

슬기 엄마~ 안녕하세요!

나림이 엄마!
오랜만에
보네요.

이런 자연스러운 변화가 좋으면서도
가끔은—

담에 커피 한잔해요!

네, 좋아요!

엄마들의 '이름'이 궁금했다.

담에 커피 마실 때는
꼭 이름을 물어봐야지!

다음 커피 모임에서
그 엄마의 이름을 물어보았다.

제 이름 물어보는 엄마는
나림 엄마가 처음이에요. (ㅎㅎ)

20대 때만 해도 이름 물어보는 게 당연했는데...
이젠 세상 어색하네요. (ㅎ)

매번 슬기 엄마~
라고 해서...
궁금했어요!

그런데 생각해 보면

나림이 엄마 이름은 뭐예요?

본래 나는 내 이름을 좋아하지 않았다.

시간이 흐르고
아이를 낳고 나니

드디어
맘에 쏙 드는 이름을
지었다!!

와, 아기 이름 짓기
진짜 어렵네···

아가야, 넌 이제부터
태림이야.
큰 숲을 닮은 아이가
되길 바라는 마음으로
엄마 아빠가
지었어.

고작 세 글자밖에 안 되는 그 속에

부모의 사랑이 가득 담겨 있다는 것을.

비로소 알게 되어
내 이름이 새롭게 보이게 되었다.

제 이름 유재원이에요.

'아름다움이 있는 사람'이라는
뜻이에요.

이름이 뭐예요?

부모님이 지어주신 소중한 이름
당신의 이름이 궁금해요.

EPILOGUE

아빠 그리고 나

1993년 3월 9일, 동네에 큰불이 났다고 한다.

아빠가 한창 불구경을 하고 있을 때,
나는 세상에 나올 준비를 하고 있었다.

감사합니다!

우와 축하혀~

왜, 왜?

아니 아기가 나온다자녀

아이고 축하해요~

그때 아빠는 마음이 급한 와중에도
한 아저씨 말이 아주 선명하게 들렸다고 한다.

아기 나오는 날 큰불이 난 거 보니
크게 될 아이인 거 같네.

그렇게 대형 화재가 나던 날, 내가 태어났다.

딸 맞지???

응, 딸이야.

응애 응애

아빠는 내 생일날이면
종종 그 이야기를 들려주신다.

그날 아빠가 불구경을
하고 있다가
엄마 전화를 받았어.

음, 아무도 안 다쳤어.

진짜?
사람은 안 다쳤어?

다행이네.

그때 지나가는 분 말대로
큰사람이 되지 못했을지라도

160cm라고
합시다.

159.1

그런 큰 사람···
얘기가 아니잖니···

확실한 건 큰 행복을 누리고 있는
사람이 되었다.

하라부지
태리미 왔어요!

할아버지한테
인사해야지~!

아빠는 이제 우리 아기들에게는
어떤 이야기를 들려주실까.

그날의 기억

      결혼 초창기, 나는 여느 직장보다 두 시간 정도 일찍 출근했다. 그러다 보니 출근 시간 아내는 잠들어 있었다. 당시 아내는 만삭이었다. 두 돌 안 된 큰 아이가 있었으니 한창 육아로 힘든 시기였다. 나갈 때 보면 늘 아이 곁에서 칼잠 자는 모습이 안쓰러웠다. 행여 깰까 싶어 조심스레 나왔다. 그래도 출산일이 남아 있어 긴장감 없던 날이었다.

      아침 일과는 작업 배치 상황 점검으로 시작한다. 이상이 없으면 삼삼오오 함께 모여 현장 식당에서 식사했다. 그날의 일과를 찬거리 삼아 대충 마치고 막 사무실로 들어서는데, 맞은편 현장에서 심상치 않은 연기가 피어올랐다. 직감적으로 사고다 싶어 연기 쪽으로 내달렸다. 내가 맡은 현장은 아니지만, 그곳에 대학 후배들이 여럿 근무하고 있었다. 가쁜 숨을 몰아쉬며 후배에게 어서 '119에 연락하고 소방차 도착 위치에 불필요한 물건부터 옮기라'는 등 이런저런 참견을 하고 사무실로 돌아가던 중이었다. 멀리 사무실 쪽 발코니를 보니, 직원들이 내게 뭐라고 하는 듯했다. 거리 때문에 잘 알아듣지 못 하자 더 큰 소리를 지르더니 답답했던지 옆으로 서서 몸짓으로 가슴과 배를 잇는 커다란 반원을 그리고 있었다.

순간 '아내의 출산'이 연상되어 바로 뛰었다. 곧 낯익은 승용차가 상향등과 비상등을 켜고 마주 왔고, 뒷좌석에 오르자마자 운전을 한 회계담당자가 "아기가 나올 것 같다고 전화가 왔어"라며 짐작을 사실로 확인시켰다. 화재 사고 현장으로 불자동차가 클랙슨을 울리며 마주 오는 사이를 비집고, 우리 차는 우리 차대로 비상 상황을 알리며 집으로 내달렸다. 운전한 동료가 가까운 이웃이라 길 안내도 필요 없이 전속력으로 집에 도착했다.

다행히 아내는 무사했다. 진통이 시작되자 아들에게 외출복을 입히고, 출산 가방도 챙겨놓은 채 날 기다리고 있었다. 곧바로 아이와 아내를 뒷좌석에 앉혔다. 내가 생각한 병원까지 가장 빠른 길은 두 번의 (위험한) 좌회전을 해야 한다. 첫 번째 좌회전은 무단으로 중앙선을 침범하며 도로를 가로질러야 하는데, 역시 우리의 호프는 나와 생각이 같았다. 두 번째 좌회전은 시내로

진입하는 큰 도로로 신호를 지킬 수밖에 없는데, 이 역시 현장직
은 달랐다. 조수석에 있던 작업반장이 차창 밖으로 반쯤 몸을 일
으켜 달려오는 차들을 제어했고, 운전자는 운전자대로 체면 불
고하고 사거리에서 좌회전했다. 측면으로 대들던 차들이 이내
놀라 가까스로 멈추며 삿대질하는데 뭔 뜻인지 알고도 남았다.

혼란의 사거리를 지나 무사히 병원에 도착했다. 하지만 넘
어야 할 관문이 남아 있었다. 분만실이 2층이었다. 아내를 부축
해 첫 계단을 올랐는데, "도저히 안 되겠어. 나 아기 나올 것 같
다"며 자꾸 주저앉는 거다. 결국 모두 함께 아내를 들어 올려 겨
우 분만실에 이르렀다. 분만실 문이 열리고 아내가 들어갔다.

하지만 수고는 아랑곳없었다.

(쌀쌀맞은 간호사 때문이다.)

"다 나가주세요."

복도 긴 의자에 지친 몸을 맡기자, 건너편 원무과에서 한 직
원이 우릴 쳐다보며 보호자를 찾는 듯했다. 얼른 일어나 창구 앞
으로 나서니, 종이 한 장을 내밀며 작성해 달라고 했다. 이름과
주소를 쓰고 있는데, 분만실 문이 열렸다. 아까 그 간호사였다.
눈이 마주쳤고 "공주님입니다" 하더니 바로 분만실로 들어가 버

렸다. 딸인 건 이미 알고 있었다. 그보다 아이 상태가 어떤지, 산모는 무사한지 말을 해줬어야 했다. 말없이 그냥 가 버리니 서운했다. 쓰던 서류를 밀어 놓고 괘씸해하며 분만실을 쳐다봤다. 그런 내 속을 알아챘는지 원무과 직원이 "산모와 아이는 아무 일 없어요"라고 했다. 그래도 안심 못 하는 것 같자 "별일 없으니 다른 설명 없는 겁니다"고 했다. 나는 "애 낳았으니 됐지요?"하고 퉁명스레 받아 쳤다. 그러자 쓰던 건 마저 써야 한다는 말이 돌아왔고, 달리 할 말 없어 "이렇게 빨리 낳으면 병원비 깎아 줍니까?" 되지도 않는 말을 했다.

사실 병원에서 무슨 대접을 바랐겠나. 나로선 그저 행복한 투정이었다.

병실에 가보니 아내가 편히 웃어 주었고, 내 딸은 앙증맞은 팔다리를 부스럭대며 눈을 꼭 감고 있었다. 모두에게 감사했다. 아픈 배를 움켜쥐고 나만 기다렸을 아내, 그런 엄마 곁에서 보채지 않은 아들, 위험을 무릅쓰고 중앙선을 넘나든 회사 동료 모두에게….

(그래도 병원 관계자들은 조금 미웠다.)

사무실로 복귀하는 길 현장에 이르니 아침에 일어난 화재 상황이 심각했다. 진입로는 소방차들로 막혀 있었고 화재 진압은 그날 낮 동안 계속되었다. 동료들이 "전부터 불구경하다 낳은 아기는 부자 된다"며 덕담을 늘어놓았다. 모두에게 그저 고마웠다.

생애 첫 교환 일기

열한 살, 고모를 따라 일 년 동안 스리랑카에서 살다 왔다.

부모님은 애초에 우리 남매를
같이 보내려고 하셨지만,

그럼 재현아, 너도 같이 가볼래?
둘이 함께 가면 좋을듯해.

나와 성격이 정반대인 오빠는
절대 거부했다.

실어! 재원이만 보내!

너 빨리 엄마한테
혼자 간다고 말해!

결국 나 혼자 가게 되었다.

통화비가 무지막지하게
비싸던 시절이라 정말 큰 일 아니고선
한국으로 전화할 수도 없었는데,

엄마, 아빠

그래서 전화 대신 메일을 주고받았다.

재원아! 아빠한테
편지 왔다!

으아,
너무 느려.

아빠에게서 메일이 오는 날이면,
타국에서 말이 통하지 않아 잔뜩 주눅 든
마음이 그 순간만큼은 ~

홀로 먼 나라에서 다양한 나라의 친구들과 어울리며
놀고 있는 내 딸이라니, 기특하기도 하고 과연
누굴 닮아 이리 당찬까 싶다.

멋진 딸이었다.

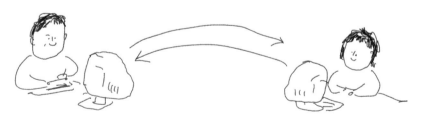

그게 나와 아빠의 첫 교환 일기다.

팔자에 없는 유학생 부모 되다

　　개학일이 며칠 안 남으면 아이들은 으레 바쁘다. 밀린 숙제를 수습하다 보통은 일기에서 막힌다. 지난 한 달의 날씨가 어땠는지는 의지만으로 해결할 수 없는 일이다 보니 결국 자포자기에 이른다. 이는 내 경험담이기도 하다. 우리 아이들도 비슷해 보였다. 아들은 알아서 제 살길 마련했지만, 딸아이는 그렇지 못했다. 그런데 "어럽쇼!" 개학이 코 앞인데 딸아이는 여유만만 방학을 즐기고 있는 게 아닌가.

　　주말에 한 번 아이들을 만나다 보니 신나게 노는 것에만 열중할 뿐, 공부는 내가 너무 간과한 건가 싶어 조심스레 아이에게 물어보았다.

　　"재원아! 너 숙제 다 했어?"

"아니, 아빠 나 숙제 안 해도 돼."

"왜 방학 숙제 없어?"

그러자 아이는 왜 모르냐는 듯 되물었다.

"아빠! 나 다음 학기에 스리랑카 가야 하잖아?"

'웬 자다가 봉창 뜯는 소리?' 이런 눈빛으로 다시 물었다.

"지금 뭔소리 하는 겨?"

"아빠가 나 스리랑카 보낸다고 했잖아."

아이 목소리가 단호했다.

가끔 아이가 말을 안 들을 때 "너 그러면 스리랑카 보낸다"고 한 적 있다. 하지만 "너 스리랑카 가게 될 거다" 결코 이렇게 말하지 않았다. 아이는 '보낸다'와 '될 거다'의 구분 없이 그저 '간다'로 이해했다. 게다가 반 아이들 모두에게 "나 내년에 스리랑카 갈 거다"하고 오금 박아 놓아서 절대로 물릴 수 없다나 뭐라나.

나는 안다. 애가 평소에는 순한데, 한 번 똥고집을 부리면 당해낼 수 없다는 것을.

갑자기 우리 부부는 바빠졌다. 스리랑카에 전화해 누나에게 사정 얘길 했다. 누나는 마침 "이번 겨울에 한국 가는데 그때 데려오지!" 하며 쉽게 받아줬다. 그 후로 처리해야 할 모든 일을 아내가 다 했다. 학교와 교육청을 오가며 내가 잘 모르는 많은 일을 불과 며칠 사이 해치웠다. 아이에게 말 함부로 지껄였다가 본의 아니게 유학생 부모가 된 셈이다. 그것도 초등학교 4학년 딸아이를.

그때 보았다. 인천공항 출국장에서 고모 손 잡고 가방 메고 들어가는 눈에 이별의 슬픔 따윈 하나도 없고, "휴!" 하며 (친구들에게 '뻥' 친 것에) 안도하는 '너의 눈빛'을.

나만 괜히 눈물 흘렸다.

부모 마음이란

아빠는 그때 오간 메일들을 모두 프린트해 보관하셨다.

뭐예요, 여보?

아빠가 우리의 편지를 따로 간직하고 있었다는
사실은 아주 아주 나중에야 알게 되었는데

아니, 설마
이거…

이상하게 눈물이 났다.

내가 편지에 쓴 내용이라고 해봤자

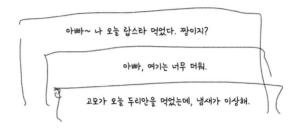

아빠~ 나 오늘 랍스타 먹었다. 짱이지?

아빠, 여기는 너무 더워.

고모가 오늘 두리안을 먹었는데, 냄새가 이상해.

아빠에게는 마냥 특별하고 소중했었나 보다.

또 딸내미 편지 읽어?

봐도 봐도 재밌네.

그때는 그런 아빠의 모습이 이해가 되지 않았는데

두 아이의 엄마가 된 지금은
점점 이해 된다.

타국에서 온 편지

아이가 스리랑카로 가고 두 달이 지났다. 주말에 집에 갔더니 딸아이가 부친 엽서가 와 있었다. 그런데 몇 줄 안 된 문장 속 우리 부부를 뛸 듯 기쁘게 한 내용이 있었다. 바로 '독일 계집애 하고 싸웠다'였다. 아이가 누구와 싸웠다고 하는데 걱정하기는커녕 우리는 좋아서 흥분했다. 왜 싸웠고, 어떻게 싸웠고, 그래서 어떻게 됐는지 하나도 궁금하지 않았다. 그냥 '싸웠다' 그 소식 하나로 감동했다.

그때 우리 생각은 이러했다. '본디 싸움이란 게 말이 안 통하면 절대 일어날 수 없는 거야. 그러니까 이 내용은 우리 딸이 드디어 외국 말을 알아듣게 된 거라는 거지. "싸웠다고?" 그렇다면 이 내용은 우리 딸도 뭔 말을 했다는 거야. 하다못해 욕이라도 했다는 거지. 아무렴 독일 계집애에게 한국말로 했을까. 분명 영어로 했을 거야. 그렇다면 이 내용은, 우리 딸 영어 실력이 드디어 누구랑 싸움할 정도가 되었다는 것이지! 그렇다면, "우와~" 유학비를 들인 보람이 있네!!!'

　둘이 앉아 이렇게 밤새 흰소리를 하다 마지막에는 "우리 딸이 독일 계집애와 싸워 이겼다"로 끝을 맺고 아주 기분 좋게 잠이 들었다.

IT'S NOT FAIR!

싸움에 대해 이야기하자면—

친구들과 농구 놀이를 하는 중이었음.

근데 프랑스인 친구가 자꾸만
공을 들고 뛰면서 골대에
골인을 하는 게 아니겠음??

이게 무슨 농구냐.
공을 튀기면서 뛰어야지
저 무식한 계집애...

참다 참다 한마디 했음.

물론 저 한마디를 뱉기까지
머릿속에서 엄청난 시뮬레이션을 했음.

그렇게 말하자 그 친구는
자기 단짝 친구 손을 잡고 가버리더라.

혼자 남은 건 나였지만,
그래도 마음은 개운했다.

아빠 사랑꾼

아빠는 건설 쪽 일을 하셨고, 이 때문에 자주 집에 못 오셨다.

평소 귀가 밝기도 했지만,
엄마는 아빠의 차 소리를 기가 막히게 잘 알아챘다.

엄마, 오빠, 나는 모두 현관 앞에 서서 아빠를 기다렸다.

아빠는 늘 나를 먼저
안아주었고,

그다음은 오빠

그다음은
엄마 차례였다.

그때 항상 엄마를 나보다 더 오래 안아주는 게 싫어서
꼭 한 번 더 아빠에게 안겼다.

그리고 지금은

태림이도!!

태림이 다시 안을래.

마지막 자리를 넘겨주었다.

이리 와~

신독

때는 내가 초등학생이었을 때.
선생님으로부터 가훈을 알아 오라는 숙제를 받았다.

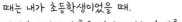

집으로 걸어가는 길, 나는 내내
우리 집 가훈에 관해 생각했다.

그날 밤

아빠!
우리 집 가훈은 뭐야?

아빠는 말 없이 공책에 뭔가를 쓰셨다.

愼獨

신독

아빠가 한참 설명해 줬지만,
그 말을 집중해서 듣고 이해하기에는···

컴퓨터게임에 한창 빠져있을 때였다.

이따 오빠랑
포트리스 게임 해야지.

이번엔 무슨
아이템 쓰지?

다행히 아빠가 공책에 간단히 뜻을 적어주어
무사히 발표할 수 있었다.

네.

16번
발표해봐

저희 집 가훈은 '신독'입니다.

혼자 있을 때도 어긋남이 없도록
몸가짐을 가지런히 하자는 뜻입니다.

정말 멋진 가훈이네.

재원이네 가훈은 선생님도
참 좋아하는 말이야.

아버지 어머니께서 정말 멋진
가훈을 알려주셨구나.

이열

우와

이후로 나는 모든 공책마다
우리 집 가훈을 적었다.

그리고 누군가 그 뜻을 물어봐 주기를 기다렸다.

이게 무슨 뜻이니?

아, 저희 집 가훈인
'신독'이에요.

시간이 흘러 '가훈'이라는 말이 뇌리에서
완전히 잊혔을 때

재원이 인생
버킷리스트가 뭐야?

나는 뉴욕에 가서
한 달 살아보는 거!!
브로드웨이 뮤지컬 다 보는 게
내 버킷리스트!!

아기를 낳았다.

오랫동안 잊고 있었던
가훈이 떠올랐다.

문득, '신독'의 본뜻이 궁금해졌다.

'스스로를 속이지 않으며, 홀로 있을 때 도리에 어긋남이 없도록
몸가짐을 가지런히 하고 언행을 삼간다.'

아기를 낳고 나서야 2O년 전 아빠가 말해준
가훈의 의미가 제대로 마음으로 들어왔다.

그날 밤, 남편과
가훈에 관해 한참 얘기했다.

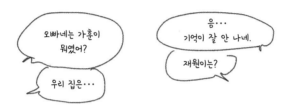

오빠네는 가훈이
뭐였어?

우리 집은…

음…
기억이 잘 안 나네.

재원이는?

그날부터 우리 집 가훈은 '신독'이 되었다.

신독!

신독

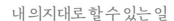

내 의지대로 할 수 있는 일

　　　　우연히 읽은 책 한 권이 내 삶에 아주 큰 영향을 미쳤다. 학창 시절 어느 날이었다. 아랫목에 누워 있는데, 책 한 권이 눈에 들어왔다. 그 책을 집어 들고 아무 페이지나 읽던 중 마음에 쏙 들어온 내용이 있었다.

　'아이가 어릴 때는 시골에서 키우고, 중·고등학생 때는 중소도시에서 키우고, 대학생이 되면 대도시로 보내라'는 메시지였다. 그렇다고 그때 무슨 대단한 결의를 한 것도 아닌데, 살아가는 내내 작용을 한 것 같다. 그 책은 박완서의 〈꼴찌에게 보내는 갈채〉였다.

　우리들의 시골살이, 시작은 이러했다.

회사에서 아파트 중도 해약분을 직원들에게 우선 분양한다는 소식이 알려졌다. 대략 셈을 해보니 전세금과 퇴직금 중간 정산해 합하고 얼마간 대출을 받으면 크게 무리가 없어 보였다. '드디어 실행할 때가 됐구나' 하는 마음으로 계약 부서로 갔다. 점 찍어 놓은 아파트를 계약하겠다고 했더니, 모두 의아해했다. 부서장 친구는 내 말을 무시하고 부하직원에게 "야! 용인 거 32평짜리 계약서 가져와"라고 말했다. "아니 아까 말한 양수리 거 그냥 줘" 했더니 "말도 안 된다"며 제 고집을 배려라고 우겼다.

　결국 모두의 반대 속에 내 생각대로 계약했다. 친구의 배려를 모르는 바는 아니었다. 내가 봐도 용인 아파트의 시세 차익이 상당할 게 빤히 보였다. 반면 내가 계약한 아파트는 IMF 이후 공사 중단과 재개를 반복하며 해약 세대가 유난히 많았으니 좋을 게 하나도 없었다.

　친구는 근무 시간 내내 귀에 피가 날 정도로 회유했다. 그래도 먹히지 않자 "야! 너 애들 교육 걱정 안 돼?" 급기야 이 나라 학부모라면 무시하기 어려운 급소를 건들기도 했고, 마지막에는 "내일 아침까지 마감 시한 연장할 테니 집에 가서 재현 엄마 의견 듣고 다시 얘기해!" 하며 으름장을 놓았다. 내 이유를 말 못 할 것도 없지만, 친구의 현란한 말재주를 이길 재간이 없었다. 씩씩거리며 자기 자리로 돌아가는 친구의 등을 바라보며 '작당 무리가 대붕(大鵬)의 뜻을 어찌 알까?' 하며 득의에 찬 미소를 지었다.

퇴근하고 그날 일을 아내에게 설명했다. 아내는 다 듣지도 않고 "잘했다"며 될 듯이 기뻐했다. 과연 내 마누라였다.

살면서 의지대로 되는 일은 거의 없었다. 하지만 집안일만이라도 이렇게 부부 의지가 확실하다면 무엇을 하든 앞뒤 잴 이유 없지 않을까.

맹모삼천지교 유감

막상 시골로 들어와 2년 남짓 살아보니 오히려 시골살이에 대한 갈증이 더해갔다. '이왕 사는 거 좀 더 확실한 시골로 가자'는 아내 생각에 의기투합해 살던 아파트를 전세로 돌리고 '국수리'라는 마을로 이사를 감행했다. 그때도 나는 타지역에서 근무 중이었으니, 집을 알아보고 계약하는 모든 일을 아내 혼자 처리해야 했다. 나는 이사 당일, 그 집을 처음 봤다.

그렇게 이사를 하고 근무처로 내려가 지내는 동안 아내로부터 연락이 왔다.

"여보, 재원이 방 창문 바로 앞에 묘지가 있네!"

뜬금없었는데, 주말에 가서 주변을 살펴보니 집 뒤쪽이 온통 무덤이었다. 그제야 이사 날 중국집에 식사 주문을 할 때 수

화기 너머로 "아, 공동묘지 거기!"라고 했던 게 생각났다. 그때는 별생각 없이 지나쳤던 말이었다. 무덤 너머 무덤, 그 무덤을 지나고 보니 산 하나가 온통 봉분으로 뒤덮여 있었다.

종일 비 오는 어느 주말, 거실 바닥에 누워 까무룩 낮잠을 자다 눈을 떴더니 아이들이 절을 하고 있었다. 그것도 연달아 두 번. 애들 앞쪽에는 뭔가가 놓여 있었다. 잠이 덜 깨 비몽사몽 했는데, 애들 하는 말 속에 '제사 놀이' 어쩌고 하는 것 같았다. 화들짝 놀라 눈이 번쩍 뜨였지만, 계속 자는 척하고 애들을 지켜봤다. 아이들은 '술잔을 올리는 게 맞다, 아니다'로 갑론을박 중이었다.

아뿔싸, 2400년 전 고사(古事)가 지금 내 눈 앞에 펼쳐지고 있는 건가. 그렇다면 나는 앞으로 두 번만 더 이사를 하면 한꺼번에 맹자를 둘씩이나 얻어 쌍 맹자 아비가 되는 거다. '재현이는 맹현이가 될 테고, 재원이는 맹원이가 될 텐데 이런…, 이름이 안 예뻐서 어떡하지?'

아주 흐뭇한 상상을 했다. 그리곤 '이사 비용 벌려면 더 열심히 일해야겠군' 생각하다 스르르 잠이 들었다.

아빠도 아빠가 생각날 때

어느 날 아빠가 이런 말씀을 하시더라.

> 무엇에 관해 5분 동안
> 말할 수 있다면, 그건 그걸
> 정말 많이 알고 있는 거야.

격하게 공감했다.

> 맞아. 사실 1분 이상 말하기도 진짜 어렵지.

으… 1분 자기소개
진짜 싫었는데

이십 대 때는
면접 어떻게 보고
다녔는지 모르겠네.

> 아빠는 할머니 할아버지에 관해 5분 이상
> 말을 할 수 없어.

> 그 정도로 내 부모을
> 잘 모르거든.

> …

아빠의 말에 어떻게 반응해야 할지 몰라 그냥 잠자코 있었다.

그래서 그런 생각이 들더라. 내가 죽고 나면
재현이 재원이는 아빠에 대해
5분 이상 말할 수 있을까.

아빠 눈이 슬퍼 보였다.
그건 우리가 그렇게 못 할 거라는 생각 때문이 아니라

아빠의 아버지에 관해
그 정도 기억밖에 없는 데서 오는 공허함이겠지.

그날 밤, 아빠를 생각했다.

가장 먼저 떠오른 것은,

아빠가 꽈리를 엮어 만든 가랜드

선명한 주황빛의 꽈리가 졸졸이 엮여서
창문에 걸려 있는 모습이 무척 아름다웠다.

그리고 너무 아빠다운 작품이어서 나도 모르게 웃음이 났다.

예쁘네.

이걸 하나하나 실로
엮어서 매단 거야? ㅋㅋ

아빠는 그런 사람이다.
자기만의 낭만이 가득한 분,
그리고 난 그런 아빠의 낭만을 보고 듣고 먹으면서 자랐다.

아빠, 누가 내게 5분 이상 아빠에 대해
말할 수 있냐 물어보면
이렇게 말할게.

제 성격은 아빠를 많이 닮았어요.

그래서 좋아요.

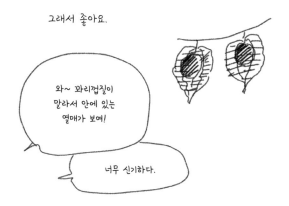

와~ 꽈리껍질이
말라서 안에 있는
열매가 보여!

너무 신기하다.

달라진 사주

다소 부산스럽긴 했어도 아이 엄마와 성마르게 나온 딸아이는 무탈했다. 외할아버지께서 좋은 이름도 지어주셨다. 문제는 바쁜 내 직장 일 때문에 출생신고가 미뤄진다는 것이었다. 벼르고 별러 동사무소에 갔다. 서류를 작성하려다 잠깐 생각해 보니, 아이가 3월 초에 나와 출생일을 음력 날짜로 하면 한 해 일찍 취학할 수 있을 것 같았다. 그러면 큰애와 연년생으로 교육 시킬 수 있어 이래저래 더 좋을 것 같기도 했다. 마침 벽에 걸린 달력에는 음력 날짜가 아주 선명하게 인쇄돼 더욱더 마음에 와 닿았다. 날짜를 짚어 보니 아이가 태어난 음력 일은 전달 17일이었다.

생각을 마치고 담당자에게 아이 출생일을 음력 날짜로 바꿔

말했다. 그랬더니 그가 나를 뚱한 표정으로 바라봤다. 순간 '뭘 잘못했나?' 제 발 저리던 차, "왜 이렇게 늦게 왔냐"고 했다. 출생 후 한 달이 지나 과태료를 내야 한다는 거다.

핑계를 대 봤자 달라질 것도 없어 보여 부르는 값을 치르고 무사히 아이의 출생신고를 마쳤다. 딸아이는 결국 아빠 때문에 사주가 달라졌다.

사주 볼 때마다 듣는 말

친구 중에 사주 보는 걸 굉장히 좋아하는 아이가 있다.

그 덕에 나도 세 번이나 사주를 본 적 있다.

그때마다 매번 같은 얘기를 들었다.

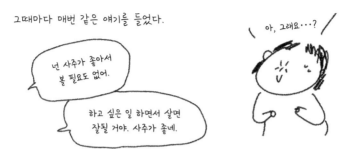

넌 사주가 좋아서
볼 필요도 없어.

하고 싶은 일 하면서 살면
잘될 거야. 사주가 좋네.

아, 그래요···?

그때는 딱히 친구들에게 썰을 털 만한
재밌는 사주 에피소드가 나오지 않아 조금 섭섭했는데—

돈 아깝네.

에잇, 시시해.

그냥 뻔한 말이잖아.

이제 와 생각하니 그 뻔한 말이 참으로 감사하다.

엄마 머해?

응~ 엄마
그림 그려~

곧 엄마가 쓴
책이 나올 거야.

터널

우리 집과 학교까지는 거리가 꽤 멀었다.

집   차로 15분   양서초등학교

매일 엄마가 우리를 데려다주고
데리러 오셨지만

엄마!!

가끔 버스를 타고 집까지 걸어왔다.
대략 한 시간 정도 걸렸다.

끼익

핸드폰도 이어폰도 없었지만, 지루하지 않았다.
오히려 혼자 상상의 나래를 펼치며 걷는 시간이 즐거웠다.

나한테 먼저
우유를 주다니,
날 좋아하나?

하지만 딱 한 가지—

내가 가장 두려워하던 게 있다.

바로 기찻길 아래 터널이다.

집에 가려면 반드시 이 터널을 지나가야만 했다.
터널 길이는 생각보다 길었다.
빠른 걸음으로 30초 정도 걸린다.

가는 도중 터널 위로 기차가 지나가면 어김없이 울었다.

몇 번의 시행착오 끝에 나는 이 터널을
조금 덜 무섭게 통과하는 방법을 터득했다.

① 기차가 지나가기를 기다렸다가 가고 난 뒤 터널로 들어간다!

칙칙칙칙

갔다!

② 반대쪽 혹은 같은 방향으로 차가 오기를 기다렸다 걸어간다.

같이 가요!

③ 가장 좋은 방법. 터널 위 기찻길로 돌아간다.
   (하지만 이 방법은 30분이 더 걸린다.)

재원이! 너 또 터널 무서워서 기찻길로 돌아온 거야?

음··· 오늘은 터널로 걸어가는 사람도 없고, 차도 안 지나가서

그리고 마지막 방법

아빠는 아주 가끔 일찍 퇴근한 날이면
터널 앞에서 나를 기다리셨다.

난 그게 너무너무 좋았다.

태림이는 나를 닮아서인지 겁이 많다.
오죽했으면 소아과 선생님께 이런 질문을 했었다.

아기가 '무서워'라는 말을
정말 많이 해요.
왜 그런 걸까요?

어머님께서 혹시
"무섭다!"라는 표현을
자주 쓰지는 않을까요?

내가 터널을 무서워했던 것처럼
태림이도 어둠을 무서워한다.

으앙 엄마!!!!

엄마 오세요!!

엄마 간다···

엄마
왔어!

엄마.

부스럭

어둠 속에선 엄마가 언제나 네 손을 잡아줄게.

엄마 고마워요.

할아버지가
엄마에게 그랬던 것처럼.

밤벌레처럼

      어른들 말씀에 생밤과 복숭아는 밤에 불 꺼 놓고 먹어야 피부가 뽀얗게 된다고 하셨다. 그만큼 벌레가 많다는 건 알겠는데, 피부가 하얘진다니 그건 영 이해가 안 간다. 밤과 복숭아 속 벌레가 뽀얗기에 그런가. 복숭아를 유난히 좋아하는 아내 영향인지 딸아이는 자라면서 애벌레처럼 꼬물거리며 뽀얗게 잘 자랐다. 그런 아이가 자라면서 좀 달라졌다. 얼굴은 뽀얀데 속살이 까매졌다. 이 때문에 큰아빠는 아이를 '까만 콩'이라 불렀고, 할머니는 우리 재원이 시집가서 첫날밤에 신랑이 "앗, 속았다" 할 거라고도 하셨다.

      이건 콩밥 좋아하는 내 영향일까. 내가 서리태를 너무 많이 먹어서?

수리는 대체 왜?

아파트에서 단독주택으로 이사를 가게 되면서

우와!
마당도 있어.

강아지 한 마리를 키우게 되었다.

흰색 여우 같아.

진돗개도 시츄도 말티스도 아닌

발바리야.

발바리?

발바리가 어디서 어떻게 와
키우게 됐는지 기억나지 않지만

우리 이름 짓자!

뭐라고
지을까.

이름을 짓던 그때가 생각난다.

뽀삐? 별로야.

해피? 안 어울려.

흰둥이? 너무 흔해.

와—!

우리가 양수리에서
국수리로 이사 왔으니깐
뒷글자를 따와서—

'수리' 어때?

수리는 우리 가족의 마스코트가 되었다.

수리야
같이 가

마당에 수리 집이 있었지만,
수리는 매일 저녁 집 안으로 들어와
우리와 함께 잤다.

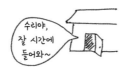

수리야,
잘 시간에
들어와~

처음에는 엄마 아빠 옆에서 자다가

새벽이 되면 오빠 옆에서 자고

아침이면 항상 내 옆에 있어 주었다.

그런 수리를 위해 우리 가족은 침대마다 옆쪽에
방석을 두었다.

아빠, 수리는 왜
한 곳에서 쭉 안 자고
옮겨 다니는 거야?

수리가 우리 가족들
잘 자고 있는지 확인하나 봐

자꾸 내 베개
위로 올라와서 좁아.

아빠는 수리를 아주 많이 아꼈다.

자, 나가자!

아빠가 평일에 일 때문에
집을 비우면 수리는 눈에 띄게 더욱 바빴다.

수리야, 또 어디 가.
그냥 여기서 자.

챡챡챡

안방에 갔다가

오빠 방에 갔다가

다시 내 방에 왔다가

아우 수리야
잠 좀 자자~

그날은 유독
수리의 발소리가
크게 들렸던 터라
잠을 설쳤다.

엄마, 어젯밤에 수리
엄청 돌아다녔어!

엄마랑 오빠는
못 들었어?

엄마는 이렇게 말하셨다.

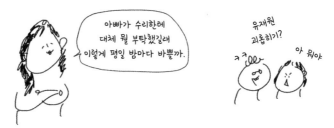

아빠가 수리한테
대체 뭘 부탁했길래
이렇게 평일 밤마다 바쁠까.

유재원
괴롭히기?

ㅋㅋ

아 뭐야

수리는 아빠랑 대체 무슨 대화를 나누었을까.

법도를 아는 개

　　아이들 어렸을 때 회사 동료로부터 진돗개 두 마리를 선물 받았다. 시골에 사는 우리 아이들이 생각나 일부러 고향 집에서 데려왔다고 했다. 애들 정서에 좋고 진돗개의 듬직함이 내게도 필요할 듯싶어 고맙게 받았다. 무엇보다 아이들이 정말 좋아했다.

　　집에는 이미 발바리 '수리'가 있었다. 강아지들은 수리의 텃세 아래 '지킴이'와 '아리'라는 이름으로 무럭무럭 잘 자랐다. 뒷산 공동묘지에 풀어 놓으면 너구리도 잡아 오고 꿩도 잡아 온 무진장 센 놈들이 되었다. 신기한 건 사냥해 온 동물을 절대 죽이지 않았다. 집 마당까지 물고 와 앞발로 지그시 누른 채 거실을 향해 소리치며 결과를 보고했다. 어찌나 사납게 짖어대던지 낮

선 사람은 집 근처에 얼씬도 못 했다.

　이런 녀석들한테도 금도가 있었다. 초상이 나 운구차가 오거나 상여가 지날 때는 절대로 짖지 않았다. 일부러 가르친 적 없고 가르칠 능력도 없거늘, 어찌 그런 견륜이 생겼는지 신기했다. 하도 신통해 우스갯소리로 주인의 인품이 개들한테도 영향을 미친 거라며 너스레를 떨었을 정도다. 하지만 이유는 곧 밝혀졌다. 장례 행렬이 남기고 간 음식물 때문이었다. 장례 차가 지나가고 난 뒤 그곳에 가면 평소 먹지 못한 북어포 같은 게 있었던 거다.

　아마도 두 녀석에겐 인간에게 슬픈 초상이 가장 기쁜 날로 각인됐을 것이다. 그렇다 해도 어쩔 수 없었다. 지금에서야 하는 말인데, 지킴이와 아리의 사나움을 '용맹'으로 포장해 널리 알렸다. 대신에 북어포 같은 얘긴 조용히 묻어줬다. 나는 우리 가족뿐 아니라 개들에게도 '듬직한 가장'이니까.

외로움

이른 아침 오빠와 학교 갈 준비를 하고 있었다.

날카로운 치약 끝 모서리에
오빠 눈이 스친 것이다.

으앙···

눈 아파.

아, 뭐야.
그만 울어···

엄마한테는
비밀이다.

괜찮아??
울지 마.
엄마 온다. 쉿! 쉿!

난 당장 엄마한테 혼날 게 두려워
숨기기에 급급했다.

네~

왜 그래?
빨리 준비하자.

학교 늦겠다.

하지만 엄마 눈은 못 속이지.
치약 사건은 금방 들통났고

재현아,
한 번 눈 떠봐!

괜찮아?

어머, 여기 흰자에
상처 난 거야??

안 되겠다, 여보
바로 병원 가야겠다.

병원에서는 무척 위험천만했다고 했고,
이로써 사건은 종결됐다.

조금만 비켜 찔렸으면
큰일 날 뻔했어요.
다행이에요.

그토록 외로운 날이 없었다.

유재원
앞으로는 조심해.

오빠 큰일 날 뻔했어.

그 후로 나는 날카로운 치약 모서리만 보면—

한 번 접는 습관이 생겼다.

내가 제일 쎄

어렸을 적 무서운 게 너무 많았던 나

특히나 귀신이 가장 무서웠다.

그래서 혼자 자는 것도 중학생 이후부터였고

화장실에 갈 땐 아주 조금 문을 열어 두었다.

슈퍼초울트라 겁쟁이인 내가 살던 동네는
산꼭대기여서 해가 지고 나면 무진장 깜깜했다.

엄마 왜 우리 집 앞에는
가로등이 없어?

여기까지
올라올 사람은
우리 가족 말고 아무도
없으니깐!

깜깜한 밤에도 아빠는 혼자
차를 몰고 슈퍼마켓에 다녀오기도 했고,
강아지 산책하러 나가기도 했다.

여보-
고무장갑 여기

아빠는
귀신이 안 무섭나.

나도 아빠 정도
나이 되면
안 무서워지려나.

그런 아빠에게 드디어!!
무서워하는 존재를 찾았다!!

바로 쥐

(아빠를 위해 최대한 귀엽게 그림)

우리 집은 오래된 주택이라 쥐가 있었는데

엄마! 쥐가
아빠 과자를 먹었어!

그래서 쥐를 잡기 위해 집안 구석에
끈끈이를 설치해 두었다.

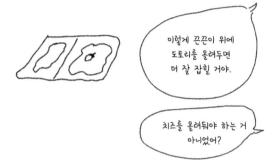

이렇게 끈끈이 위에
도토리를 올려두면
더 잘 잡힐 거야.

치즈를 올려둬야 하는 거
아니었어?

다음 날 아침이면 어김없이 끈끈이 위에 쥐가 붙어 있었다.

찍 찍!

찍

우와, 엄마 아빠
쥐가 잡혔어!

엄마도 아빠도 못하는 걸 해내다니!
나는 쥐가 좋아졌다.

우리 딸은 ①

낯섦 없는 아이 :

어린 나이에 외국을 경험해서인지 아이는 외국 가는 걸 비행기 타고 가는 지방 정도로 생각하는 것 같다. 낯선 것에 대한 거부감이 전혀 없다.

어릴 적 어느 백화점에서 처음 본 제 또래 흑인 여자아이에게 "넌 어디서 그렇게 태웠니?" 이렇게 물어 주위 사람들을 "뜨악"하게 했다. 어린아이의 말로 웃어넘겼지만, 그때 아내는 민망해 혼났다고 했다. 아이 입장에선 여름 물놀이를 다녀온 후 까맣게 탄 자기를 보고 동네 아주머니들이 했던 말을 그대로 따라 한 것 같지만, 아무튼지 낯섦에 대한 경계가 없는 건 분명했다.

우연이 곧 필연

내가 스리랑카에서 학교 다닐 적

참고로 나는 소문자 대문자도
잘 모르는 상태로 유학길을 떠난 터라—

대충 영어를 못해서
국제학교 입학이
어렵다는 내용

BRITISH IN COLOMBO

고모부

(다행히 모범생이었던 사촌오빠들이 같은 학교
졸업생이었던 터라 어찌저찌 입학은 하게 됨.)

학교에 있는 내내 긴장의 연속이었는데

미술시간 만큼 긴장의 끈을 풀 수 있었다.

그런데 그날은 달랐다.

미술 선생님이신
미스 라디카께서는
내게 무언가를 한참동안 설명하더니,
내 대답을 기다리셨다.

난 그냥 모든 질문에 "YES"라고 답한다.

미스라디카께서는 놀란 눈으로 알겠다며···
내게 커다란 나무 사진이 가득한 책을 가져다주셨다.

그렇게 나는 영문도 모른 채
큰 도화지에 나무를 그리기 시작했다.
재료는 검정 잉크 펜이 다였다.

그때 내가 유일하게 알아들은
말은 '이 펜으로만 그림을
그리는 거야'다.

무려 한 달 동안 이유도 모른 채
나무만 그렸다.

나무를 다 그렸더니 그다음엔
잎사귀 사진이 가득한 책을 보여주셨다.

나무 사이사이 빈 곳에
잎사귀들을 채워 넣었다.

그렇게 완성한 그림은

알고 보니, 학교전시회에
걸릴 그림이었다.

브리티시 스쿨
전시회 하나 보네.

재원이 그림 보러
가야겠네~.

떨리는 마음으로 고모 고모부와
다 같이 전시회에 갔다.

그런데 아무리 전시장을 뒤져 봐도
내 그림은 안 보였다.

이상하네.
분명 여기가
4학년 그림
걸린 곳이랬는데···.

내가 영어도 못 하고
그러니까 그림도
안 걸어주셨나 봐.

어!!

내 그림은 전시회장 가장 끝 쪽
계단 옆 벽에 걸려 있었다.

고모!!
제 그림이에요!

알고 보니 그림에 액자를 안 끼워
전시할 장소에 걸지 못했다고.

결론은 영어를 못 알아들어 액자값을 안 낸 내 잘못이었다.

왜 액자비 안 내니, 재원?

???

뭐 하여간, 내 그림은 액자 없이
덩그러니 계단 옆 벽에 걸릴 운명.

내 그림
불쌍해.

재원아, 그림 앞에 서 봐.
사진 찍자.

액자가 없는 그림은
한없이 초라해 보였다.

그리고 그날 남긴 사진은
한국으로 날아갔다.

누나가 사진
많이 보내줬네.

어···

이 그림을
재원이가
그린 거라고??

재원이 미술 하면
잘할 거 같아.

누가 알았을까.
계단 옆에 걸린 그림 한 점이
나를 미대생으로 이끌 거라고.

필연이 된 우연

독일인과 당당히 맞대결한 자랑스러운 우
리 딸로부터 온 다음 편지에는 사진도 한 장 들어 있었다. 아이
가 그린 그림 앞에서 웃고 찍은 사진으로 얼핏 분위기가 학예
회로 보였다. 표정이 밝아 '음, 고모 집에서 콩쥐처럼 고생하는
건 아니군' 일단 안도했고, 찬찬히 배경에 찍힌 아이 그림을 보
았다. 지표면 위로 기어가듯 뻗은 뿌리를 그렸고 검은색으로만
표현했다. 소재 선택도, 선 스타일도 어딘지 남달라 보였다. 보
통 아이들이 나무를 그릴 때 검은색 하나만 쓰진 않는데, '스리
랑카는 까만 나무도 있나 봐?' 이런 생각을 할 정도였다. 나는 그
림 보는 안목은 없지만, 여러 모로 아이답지 않아 보였다. 그 그
림 때문에 나중에 아이에게 그림 그려볼 것을 권유하기도 했다.

이심전심

중요한 시험이 있을 때
아빠는 늘 나를 데려다주셨다.

수능 시험 날에도—

대학교 실기 시험 날에도―

떨지 말고
힘 내. 우리 딸

항상 들어가기 직전, 나를 꼭
안아주셨다.

덕분에 그 기운이 내게 고스란히 전달되었고,
기분 좋은 긴장감만 안고 시험장으로 들어갈 수 있었다.

아주 짧은 순간이지만,
내게는 무척 소중한 기억이다.

아빠도 나만큼 떨렸겠지.
아아 맞을 거다.
왜냐면

나를
꼭 안을 때
분명 아빠의 떨림을 느꼈으니깐.

응
걱정 마

불감청 고소원(不敢請 固所願)이거늘

딸아이가 고등학교 2학년이던 8월 어느 날 이었다.

"아빠! 나 미대 갈까?"

뭔 자다가 봉창 뜯는 소리? 하고 바라보니 "아빠가 옛날에 나 보고 미술 한번 해보라고 했잖아"라고 했다.

속으로 '그랬었지' 하며 오래전 일을 생각했다. 아이가 스리랑카 있을 적 보낸 편지 속 사진, 사진 속 손톱만 한 그림을 기억하고 중학교 다닐 때였나, 넌지시 그림 그리기를 권유했던 적 있었다. (그렇다 해도 단지 그 이유로?)

"너무 늦지 않을까? 고등학교 2학년 2학기가 낼 모래인데…"

"한번 해 보고 싶어."

3학년을 코앞에 두고 갑자기 진로를 바꾸겠다니 선생님들의 반대가 심했다던데, 그럴수록 아이의 결심은 단단해졌다. 그런 아이를 지켜보다 '스스로 많이 생각했겠구나' 싶어 응원하기로 했다.

그날 이후 아이는 학교 수업을 마치고 미술학원으로 갔고 늦은 시각 막차 타고 집으로 오는 일상을 보냈다. 어느 날인가, 차를 놓쳤다고 전화가 와 학원에 아이를 데리러 갔다가 복도에 게시된 다른 아이들의 그림을 보고 주눅이 들었다. 하나 같이 실력이 너무 출중해 과연 우리 아이가 일 년 남짓한 시간 동안 따라잡을 수 있겠나 싶었다. 물론 아이 앞에선 내색하지 않았지만 말이다.

그렇게 한 해를 보내고 입시가 시작되었다. 가군 나군 다군 세 대학교에 원서를 넣었고, '○○대 불합격! 첫 응시부터 고배를 마셨다. 그러다 보니 그다음 선택의 결과에 대한 불안감이 밀려왔다. '아이는 아이대로 얼마나 초조했을까?' 하는 염려도 들었다. 다행히 두 번째로 응시한 '○○대 합격!'으로 안도할 수 있었다. 하지만 아이가 목표로 한 대학교는 세 번째 다군이었다.

퇴근 시간을 얼마 안 남기고 아이로부터 전화가 왔다. 고함을 지르듯 아이가 소리쳤다.

"아빠! 나 합격이야!!!"

"세상에…."

나도 모르게 눈물이 났다. 아무 안목도 없이 무심코 권해 본 거였다. 그런 내 짧은 생각으로 아이를 망칠 수 있겠다 싶어 후회도 여러 번 했다. 마음고생 때문인지 눈물이 멈추지 않았다. 옛말에 '불감청 고소원(不敢請 固所願)'이라고 했다. 진심으로 바라던 일이 이루어진 거다.

합격의 그날

그날은 내가 목표한 대학의 합격 발표일이었다.

너무 떨려서 오빠와 같이 확인하기로 했다.

자 홈페이지 들어 왔고···

이제 이 버튼 누르면 나온다. 준비됨?

응?? 빨간색 글씨가···

A4 용지로 합격 여부 화면 창을 가렸지만, 얇은 종이로 희미하게 빨간색 글자가 보였다.

나는 그 순간 두 눈을 질끈 감은 채 절망했다.

망했다.

빨간색이면 불합격이네.

이전 대학 합격 발표에서는 파란색이 합격을 알리는 글자 색이었기 때문이다.

그런데···

헐···야··· 너
합격했어!

같이 보고 있던 오빠의 목소리가 떨렸다.

엄마!!!

그때 처음 알았다.
가장 기쁜 순간에는 무얼 생각할 겨를도 없이 그냥
'엄마'라는 말이 튀어나온다는 것을.

가문의 전설

우리 집안에 전설처럼 내려오는 "썰"이 있다.

야, 유재원,
너 책 안 읽냐?

책 좀 읽어라.

그건 바로 두 돌 때 이미 혼자서 한글을 읽은 것

재현이
지금 혼자서
저 글씨를 읽는 거야?

대 전 엑 스 포

자, 재현아
이게 무슨 글자일까?

곰

곰!

그렇다, 그는 일찍부터
언어에 두각을 보였다.

그렇다면 나는 어땠을까?

때는 내가 두 돌쯤

어머 여보!
재원이도 제 오빠처럼
한글을 혼자 깨친 것 같아!

고승도치 엄마와 달리 매우 객관적으로
나를 바라본 아빠는

여보, 재원이는 한글을
읽는 게 아니라···

카드가 접혀 있는 모양으로
구분하는 것 같아. ㅎㅎ

그랬다. 그저 나는 눈치가 빨랐던 아이···

자, 재원아
아빠가 종이에
뭐라고 적었을까?

노   랑

하하하
하하하

하하
호호호

그로부터 28년 뒤, 내 아들은 어떨까!

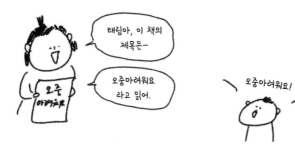
태림아, 이 책의
제목은—

오줌마려워요
라고 읽어.

오줌마려워요!

자 그간 충분히
한글을 알려주었으니
재능을 뽐내거라.

이 책에는 어떤
글자가 쓰여 있지?

오줌마려워요

그는 나를 닮았다···

그냥 귀여우면 된거야

113

모로 가도 서울만 가면 된다

퇴근하고 집에 오니 아내가 말했다. 할머니 댁에 가 있는 큰아이가 글자를 읽어 낸다고 어머니께서 전화를 하셨다는 거다. 아직 두 돌도 안 된 애가 벌써 글을 읽는다니 놀라웠다. 초등학교 2학년 무렵 겨우 한글을 뗀 내 경우를 생각하니 "어쭈 좀 빠른데" 하며 으쓱해졌다.

문제는 둘째 아이였다. 아주 쉽게 글을 깨친 큰아이와 달리 작은 아이는 네 살이 다 되도록 읽기는커녕 남들 다 안다는 색 이름도 구분할 줄 몰랐다. 아내는 아내대로 조급해져 한글 자음과 모음이 크게 적힌 포스터를 벽에 붙이고 아이에게 따라 읽게 해보았지만, 암만 봐도 우리 딸은 그냥 따라 읽을 뿐 관심이 없어 보였다. 가끔 한글카드에 그려진 그림을 보고 '우산', '사과' 이렇게 읽지만, 그림을 가리면 곧바로 꿀 먹은 벙어리였다. 손사래 치고 욕심을 거두려는 어느 날이었다. 막 퇴근한 내게 딸아이가 색깔 카드를 머리 위에 들고 "빨강", "노랑" 하며 이제 글자를 읽을 줄 안다는 듯 의기양양 다가왔다. '그러면 그렇지. 콩 심은 데 콩이 나지 팥이 나오겠는가?' 싶었다. 기뻐하는 내게 아이는 더 기쁘게 해줄 요량인지 거실 바닥에 널브러진 카드를 순서 없이 들고서 "파랑" "보라" 외쳐댔다. 그런 딸아이를 가만히 보니, 카드가 뒤집혀 색이 보이지도 않는데 색이름을 맞추고 있는 것 아닌가. 아이에게 물었다.

"야, 너 이거 안 보고 어떻게 파랑인지 보라인지 알았니?"

"응 아빠! 봐봐. '파랑'은 카드 뒤에 까만 때가 묻어 있어. 그리고 '보라'는 요기 위가 조금 찢어져 있잖아. 또 '노랑'은…"

나는 한동안 입을 다물 수 없었다. 아이는 카드 하나하나의 특징을 파악해 그걸 외운 모양이었다. 더 놀라운 건 빨간색 카드 뒷면에 잘 보이지도 않은 오목한 손톱자국으로 '빨강'을 가려낸 것이었다. 기가 찼지만, 제 나름대로 학습 방법을 찾은 노력이 가상해 아이를 꼭 안아 주었다.

독립

스물두 살, 내 생애 첫 자취방이 생겼다.

아쉬운 건 나 혼자만의 생활은 아니었다는 점.

우리 남매의 자취방은 당인동 작은 빌라였다.

내 눈에는 완벽하기 그지없었는데

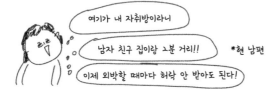

여기가 내 자취방이라니

남자 친구 집이랑 ㄴ분 거리!!   *현 남편

이제 외박할 때마다 허락 안 받아도 된다!

아빠 눈에는 아니었나 보다.

딱 봐도
노후한 건물

옛날식 창문

확실한 건 신축 건물은 아니었다.

그런 건 몰라~
자취라니~
신난다 ♬

이사를 마치고 아빠와 함께
손잡고 계단을 올라가는데

아빠가 미안하다.

아빠가 깨끗한 집으로
얻어줘야 하는데,
좀만 고생하자, 우리 딸

사실 그때 아빠의 심정은 잘 들어오지 않았다.
난 그저 자취방이 생겼다는 사실만으로 행복했으니깐.

아 아빠!
아직도 담배
못 끊었어?

나중에야 그때 아빠 마음을 조금 알게 되었다.

저리 가 있어.
담배 연기 맡을라.

그건 바로 이삿날

아주아주 밝은 연둣빛, 세련된 그린 톤 아닌
완두콩 속껍질 같은 연두색

억 ㅋㅋ
촌스러워.

이런 벽지 색은
난생처음 보는데···

그냥 깔끔하게
흰색으로 해주지···

솔직한 마음을 티 낼 수 없었다.

너무
좋아!!!

내가 연두색 제일로
좋아하잖아.

누가 봐도
미대생 방이다 ㅋㅋㅋ.

완전 특이해!!

그건 아빠가 내게 해줄 수 있는 최선이었으니까.

우리 딸은 ②

국경 없는 아이:

아이가 대학교 입학 후 첫 여름방학이었다. 터키(튀르키예)에 다녀올 테니 여비 좀 달란다. 그런데 15일간 여행을 마치고 귀국할 날 아무 연락이 없는 거다. 우리가 날짜를 착각했나 하며 걱정하던 차, 다음 날 아이로부터 도착했다는 연락이 왔다.

아이는 터키에 가서도 한국 날짜와 시간을 그대로 적용했다고 한다. 그래서 귀국 예정일 다음 날 공항에 갔다고. 당연히 예약한 비행기는 떠났더라는 황당한 이야기와 공항 정보센터에서 일명 '배 째라 전술'로 담당자를 괴롭혀 베이징을 경유, 인천공항까지 올 수 있었다고 했다. 선물로 사 온 엄청나게 단 과자를 질겅거리며, 과장 섞인 공항 무용담을 밤새 들어야 했다. 내가 정말로 듣고 싶었던 '파묵칼레나'나 '카파도키아' 같은 그 나라 명소 얘긴 일언반구도 없었다.

생활력 있는 아이 :

대학교 3학년 땐 휴학을 했다. 요즘은 휴학도 많이 한다기에 통과의례인가 했는데, 듣자 하니 무슨 뮤지컬 조연출을 일삼아서 하고 있다는 거다. 그 일로 일 년 남짓 시간을 보내더니, 생업이라도 삼을 양 미국에 다녀와야겠다고 했다. 브로드웨이에 가서 뮤지컬을 봐야 한다나 뭐라나. 그러면서 절반의 비용을 달라고 했다. 해외여행 경험이 전무한 나는 그냥 그런가 보다 하고 돈을 내주었다. (경험상 이럴 땐 그냥 따라 주는 게 마음 편할 거 같았다.)

지금 생각해 보니 왕복 비행기 삯을 치르면 얼마 남지도 않을 돈이다. 긴 시간 동안 머무르며 먹고 공연까지 봐야 한다고 생각하면 턱 없이 부족했겠다. 나중에 들으니 공연 입장료는 후원함에 연락처를 적어놓고 기회가 오면 무료입장하는 방식으로 경비를 절약했다고 한다. (이런 요령은 어찌 알았을까.) 그런데 아이는 이번에도 귀국일에 연락이 없었다. 또 무슨 일인가 싶었는데, 보름 정도 지나 돌아온 딸의 말인즉, 여행자 숙소에서 아르바이트하며 기간을 연장했다는 거다.

생활력이 무척 강한 '우리 딸'이다.

인연이란

나는 청주의 한 산부인과에서
태어났다.

하지만 나는 청주 땅을 밟아보지도 못하고
이사했다.

그런데 누가 알았을까—
2.5년 뒤 내가 그곳에서 신혼생활을 시작하고

또 나를 받아주신 의사 선생님께서

임신 시도한 지
일 년째라고요···

인공수정도 해보셨고···

민병열 원장

시험관 시술을 해주실 줄을

시험관으로 가봅시다.

네.

그러고 보면 정말 인연은 기가 막힌다.

오빠 나 왠지
느낌이 좋아.

임신
될 것 같아.

엄마, 나 태어난 산부인과에서
시험관 하기로 했어!
민병열 원장님이 해주실 거야

세상에! 그 선생님이
거기 아직도 계셔???

이젠 할아버지 되셨겠네~
세월이 확 느껴진다.

재원아
느낌이 좋아.
임신 될 거야.
걱정하지 마.

임신

아기를 간절히 기다리고 있던 때 누가 그러더라.

아기는 발이 작아서
오는 데 시간이 걸린대.

나의 첫아기는 발이 작았다.

나는 매달 기대와 희망,
그리고 절망을 맛봐야 했다.

임신했을 수도 있으니깐
와인은 먹으면 안 되겠어!

에라, 마실 걸 그랬네.

그럴 때마다 핸드폰을 들었다.

엄마 목소리로 슬픔이 비워지지 않을 때
아빠에게도 전화를 걸었다.

응, 딸아

참으로 일방적인 통화였다.

그때 아빠가 내게 어떤 말을 해주었는지 기억에 없다.
그냥 내 말을 묵묵히 들어주셨던 것 같다.

그렇게 일 년 반이 지나,
나는 어렵사리 첫아기를 만날 수 있었다.

유재원 님
임신입니다.

나는 가장 먼저 아빠에게 전화를 걸었다.

아빠

나는 가장 중요한 말을 빼둔 채
눈물을 왈칵 쏟았다.

엉엉엉
엉엉
껴꺼

너무 말하고 싶었지만, 목이 메 나오지 않았다.

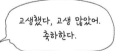

고생했다, 고생 많았어.
축하한다.

그런데도 아빠는 다 알더라.
내가 왜 우는지.

요란

미루어 짐작하건대 아빠는 요란한 빈 수레와 같은 사람을 싫어한다.

내게 그런 말을 자주 하셨으니깐,

빈 수레가
요란한 법이다.

요란 떨지 마라.

내 수레가 비어 있는지
가득 차 있는지 나도 잘 모르겠지만,

제 수레는 과연
비어 있을까요,
꽉 차 있을까요.

확실한 건 난 요란한 사람이다.

(물론 가족들 앞에서만···)

그래서 그런가. 학창 시절
아빠는 내게 칭찬을 잘 안 해 주셨다.

그랬던 우리 아빠가,

임신한 딸 앞에서는
어찌나 요란해지던지—

안 돼.
조심해야 해.

아역ㅋㅋㅋ
나 혼자 갈 수 있어!!

뭐 필요한 거
있어?

어디 안 불편해?

좀 누워 있어.

뭐 먹고
싶은 건?

달라진 아빠를 보고 있는 것도
참 즐겁더라.

내 딸은 입덧 중

배구공만 하던 배가 농구공보다 커 보일 때까지 딸의 입덧은 여전했다. 입덧이란 게 보통 임신 초기에 나타나 곧 사라진다던데 우리 아이 입덧은 유난했다. 특히 밥 지을 때 나는 밥 냄새에 예민해져 솥에서 김이 오르면 얼른 방으로 들어갔다. 우리 딸 가졌을 때 아내가 열 달 내내 입덧에 시달리더니, 안 닮았으면 하는 것은 꼭 닮고 마는 건가. 딸의 사나워진 비위에 전전긍긍이며 수발드는 사위 모습도 안쓰러웠다. 인제 와 드는 생각은 내 아내도 딸아이와 똑같은 시간을 보냈겠구나 싶어 그저 미안할 뿐이다.

시간아! 빨리 가라.

손녀를 만나기 전

9월 12일 저녁, 진통이 시작되었다.

엄마, 나 진통 오는 것 같아.
지금 빨리 와 줘.

엄마 아빠는 재빨리 집으로 오셨고,

태림이는 걱정 말고
잘 갔다 와.

나와 남편은 둘째를 만나러 산부인과 갈 준비를 했다.

아직
괜찮아.

지금은
진통 어때?

아빠는 말없이 현관에서부터
내 손을 꼭 잡고

차까지 바래다 주셨다.

조심조심
천천히

어찌나 손을 꼭 붙잡던지,
잡은 손을 놓자, 피가 확 통하는 느낌이었다.

곧 손녀를 만날
아빠의 표정은
기뻐 보이지도, 설레 보이지도 않았다.

그런 아빠 얼굴을 보고 있자니
나는 왜일까,
눈물이 날 것 같았다.

이따 전화할게.

아빠의 그 표정은 내 결혼식 때
손잡고 들어가기 전 이후로 처음이었다.

아빠는 나와 함께 식장에 들어가기도 전부러
눈물을 흘리고 계셨다.

그런 아빠를 보면 금방이라도 눈물이 날 것 같아

우리는 결혼식 내내 눈을 마주치지 않았다.

차가 주차장을 완전히 벗어날 때까지
아빠는 그 자리에 서 계셨다.

신랑에게 내 손을 건네주고
나를 떠나보냈던 그날처럼

나는 조금씩 아빠의 품에서 멀어지고 있다.

아빠, 아기 건강하게 나왔어.

잘했다, 고생했다, 우리 딸!

기쁜 날에는 왜 자꾸 눈물이 나나

손주가 세상 밖으로 나오는 날 병원 들어가기가 무슨 청와대 들어가기보다 더 어려웠다. 투명한 유리문 너머로 멀어지는 딸아이를 보다가 표정이 일그러졌다. 눈을 깜박였다간 눈 안에 가득 고인 눈물이 바로 쏟아질 것 같아 애써 태연한 척 헛기침으로 달래고 복도 끝만 바라보았다. 딸아이가 어디 먼 곳이라도 가는 것처럼 손 흔들고 힘내라며 주먹을 불끈 쥐어 보였다.

기쁜 날에는 왜 자꾸 눈물이 나는지 모르겠다.

새로운 만남

첫째 낳은 다음 날, 엄마 아빠는
나와 아기가 있는 산부인과로 한달음에 달려오셨다.

나는 제왕절개를 한 터라
엄마 아빠를 만날 수 없었지만—

산모님, 남편을
제외한 가족들은
가급적 만나지 말아주세요~.

선생님··· 어차피
배가 아파서 일어나지도
못 하겠어요···

나중에 가족 채팅방에
올라온 사진을 보니

엄마 아빠가 얼마나 온화한 표정으로
우리 아기를 쳐다보고 있는지를 알 수 있었다.

기분이 묘했다.

그렇게도 좋으실까.

2주 뒤 조리원 생활을 마치고
집으로 가니 엄마와 아빠가 미리 오셔서
우리를 기다리고 있었다.

내게서 능숙하게 아기를 받아 안은 엄마와 달리,

아빠는 집에 돌아가실 때까지
단 한 번도 아기를 안지 않으셨다.

그리고 며칠 뒤―
아기를 태명으로 부르기보다
이름으로 부르는 게 익숙해질 때쯤

우리 태림이
이 할비가 안아보자.

처음으로 손주를 품에 안아보셨다.
조금은 요란스럽게 말이다.

아 잠시만!

이 옷 재질이 까칠해서
벗어야 해.

아빠다운 손주와의 첫 포옹이었다.

143

둘째 손주 탄생 비화

2023년 1월 어느 날, 딸아이로부터 전화가 왔다. 아내는 "정말! 정말!"하며 웃음 가득한 얼굴로 믿기지 않는 듯 확인을 거듭했다. 귀 기울여 들어 보니 둘째 가졌다는 말을 외치듯 큰소리로 전해왔다.

전화를 끊고 아내와 나는 온갖 호들갑을 다 떨며 기뻐했다. 첫 손주 가질 때에 애를 먹이고 힘들었는데, 이번엔 미처 생각지도 못하게 아이를 가졌다 하니 더욱 좋았다. 하지만 냉정을 찾고 나자 복잡한 현실의 문제가 눈에 보였다. 첫 손주 돌도 지나지 않은 시점이라 딸아이에겐 육아와 출산이 한꺼번에 들이닥친 상황이었다. 걱정하는 내게 이미 연년생 아이들을 키워낸 아내는 "닥치면 다 하게 돼 있어!"라고 했다. 불현듯 며칠 전 사무실

근처에서 주워 온 두꺼비 석물(石物)이 떠올랐다. 길가에 두꺼비 조각상 한 쌍이 있길래 마당 수돗가에 갖다 놓았다. 어둑한 저녁이라 손전등을 비춰 살펴보니, 놀랍게도 두꺼비 한 녀석 등에 새끼가 업혀 있는 거다. 꼭 집으로 온 두꺼비가 둘째 손주를 점지해 준 것만 같았다.

(어… 사실은… 이건데?)

이상했다. 자꾸만 속이 울렁거리고
생전 안 하던 차멀미까지 했다.

그렇게 몇 번 헛구역질을 하고 나서야
생리 예정일이 지났다는 걸 알게 되었다.

다음 날 정말 정말 혹시나 하는 마음으로
임테기를 사서 해보니,

선명한 두 줄이었다.

내가 둘째 소식을 알게 됐을 때
엄마 아빠는 약속이 있어
외출 중이셨다.

그래서 남편과 나는 엄마 아빠가 오시기 전
서프라이즈 임밍아웃을 준비했다.

마침, 다음다음 날이 남편 생일이었다.
자연스레 케이크에 촛불을 붙기로 했고,

사위
선물도
준비
못했는데···

오자마자
케이크를···

초를 켜주세요~

어머!!!

너 설마···

예기치 못한 둘째 소식에
아빠는 뛸 듯이 기뻐했고,

엄마는—

그날 밤엔 축하한단 말을 하지 않았다.

연년생···

아이고 얼마나 힘든데···

이것까지 날 닮네.

엄마 역시 연년생 엄마였다.

그리고 난 여전히 하지 말라는 건
다 하는 청개구리 딸이었다.

태동

그날은 유독 힘든 날이었다.
자꾸만 당기는 배, 종일 안아달라는 태림이까지

쿠쾅쾅!

태림아!

엄마···

가습기 속 물이
안방 카펫 위로 쏟아져 있었다.

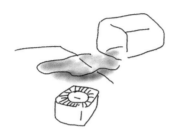

그 순간 내 이성도 함께
바닥으로 쏟아졌다.

이태림!!

엄마가 가습기
만지지 말라고 했지!

으앙 앙앙

으앙

꺽꺽

엉엉엉

왜 하필 그 순간
그토록 둘째의 태동이 잘 느껴졌던 걸까.

다행히 할머니가 오셔서 쉽게 진정되지 않던
태림이의 울음이 잦아들었다.

할머니 왔어.
괜찮아
뚝

꼬끅
딸꾹

그날 밤, 잠든 아이의 모습을
오랫동안 바라보았다.

또다시 태동이 느껴졌다.

백과사전

신혼집에도 싸 들고 온 스무 권짜리 백과사전에 대한 이야기를 풀려면

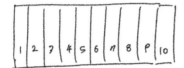
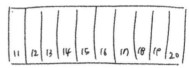

내 이야기는 아빠의 어린 시절로 거슬러 올라가야 한다.

그렇게 애착 담요가 아닌 애착 백과사전을
들고 다닌 우리 아빠는,

나를 낳고 얼마 되지 않아
거금을 들여 백과사전을 구매하셨다.

좋은 선택하신 거예요~
이런 멋진 아빠라니

금액은 그럼 총···

아빠는 그 책이 그렇게나
재밌었다고 한다.

읽고 또 읽고,
틈만 나면 그 책을 읽으셨다고.

쟈는 왜
백과사전을
저리 읽는다냐?

그 백과사전이 우리에겐 그저 장난감일 뿐이었다.

여기 내 아지트다!
오빠도 들어올래?

책상 밑에 아지트를 만들 때
담요가 흘러내리지 않게 고정하기에 '딱'이었다.

하지만 이런 게 아빠의 큰 그림이었을까.

아빠를 닮은 사람이 있었다.

단순히 단어의 뜻만 있는 게 아니라
모든 정보를 총망라한 그야말로 백과사전이었다.

긴 시간이 흘러 지금
그 백과사전은 우리 둘째 아이 방에 있다.

나림아~

앞으로 이 백과사전의 운명은 어찌 될까.

맘마

까까

엄마 우리
약국 놀이 해요.

엄마는 패셔니스타

엄마는 옷을 잘 입으신다.

상황에 맞춰 아주 깔끔하게,
그 심플함에서도 엄마만의
사랑스러움이 묻어나게 입는다.

학교 다녀왔습니다.

재원아, 도넛 먹어~

헉!
설마!!!

내가 가장 좋아하는 도넛이 집에 있는 날이면
그건 엄마가 동대문 혹은 명동을 다녀왔다는 뜻이다.

오늘 무슨 옷 샀어?

카디건 하나랑
롱치마만 샀어~

나는 우리 엄마가 옷을 예쁘게
잘 입어서 너무 좋았다.

헐~ 유재원
네 엄마셔?

예쁘시다!

엄마의 옷장에는 옷이 가득했다.

엄마가 성당 모임에 나가는 날이면,
나는 몰래 엄마 옷장에서 옷을 꺼내 입어 보곤 했다.

얼른 커서 교복 말고 엄마 옷을 입고 싶었다.

그렇게 시간이 흘러
엄마와 함께 쇼핑을 하고 있는 지금—

안 어울려.

이거 어때?

엄마가 골라준 옷들이 가장 손이 많이 간다.

벌써 가을이네.

엄마랑 옷 사러
가고 싶다.

사랑이 가득한 집

이런 표현이 맞나 싶지만,
엄마는 아빠를 정말, 아주 많이 좋아한다.

원앙새를 인간화하면 엄마 아빠가
아닐까 싶을 정도···

아빠가 퇴근하고 들어올 때면

철컥

나와 오빠보다도 더 빨리 현관문 앞으로
달려 나가 아빠에게 안겼다.

여보오-

이렇게 애정 넘치는 부부 아래서
자랐다는 건 큰 축복일 테지만,

나는 그런 사실이 때때로 맘에 들지 않았다.

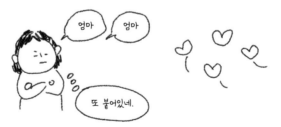

엄마 엄마

또 붙어있네.

엄마가 아빠보다 나를 더 좋아하기를 바랐다.

엄마한테는 나밖에 없었으면 했다.

그런데 내 가정이 생긴 지금,

내게서 엄마가 보인다.

상처

어느 집이든 아픈 손가락이 하나씩 있는 듯하다.

우리 집은 오빠가 바로 그 손가락이었다.

어렸을 적 아주 아주 어렸을 적 오빠는 아팠다.

다행히 초등학교 입학 전 완전히 다 나았지만,

그때의 시간은 엄마 아빠에게는
아마 지옥이었을 것이다.

너무 어렸을 적 일이라
사실 나는 잘 기억나지 않지만

엄마의 행동으로 오빠가 아팠다는 걸
느낄 수 있었다.

그거 만지면 안 돼.
오빠 약이야.

유독, 오빠 일이라면 날카롭게 반응했던 엄마—

오빠 때리지 말라고 했지!

오빠도 나
밀었단 말야!

엄마는 왜 맨날 오빠 편만 들어?

왜 나만 미워해?

엄마는 나보다 오빠를 더 좋아해.

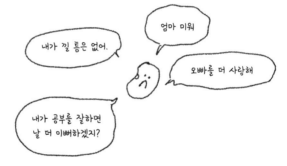

엄마 미워

내가 낄 틈은 없어.

오빠를 더 사랑해

내가 공부를 잘하면
날 더 이뻐하겠지?

엄마가 오빠를 더 좋아한다는 작은 오해의 씨앗이
내 마음 한구석에 자리 잡았고

조금씩 아주 천천히,
30년 동안 아무도 모르게 싹을 틔우고 있었다.
심지어 마음의 주인인 나조차 모르게 말이다.

엄마, 아직도
오빠만 감싸는 거야?

대체 왜 그래?

결국 그 싹은, 우리 가족에게 큰
불행을 불러일으켰다.

미안해.

나도
미안해.

물론 가족이라는 이름으로 화해를 했지만,

30년 동안 키운 싹이
내 눈앞에 보인 이상, 전처럼 지내기에는
마음의 문이 쉽게 열리지 않았다.

태림이?
어린이집 잘
다녀왔지, 뭐

...

최고의 화해 방법은 '대화'라고 하지 않나.
맞다. 아주 빤한 결말 같지만, 닫힌 내 마음은
엄마와 아주 솔직한 대화로 풀렸다.

엄마는 말이야.

더 이상 싹이 보이지 않는다.
더 이상 우리 집에는 아픈 손가락이 없다.
그냥 다 똑같은 손가락일 뿐이다.

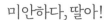

미안하다, 딸아!

　　잠자리에 들려는데, 불 켜진 화장실을 바라보다 이상한 생각이 들었다. 용변을 보려고 서 있는 큰아이 모습이 예사롭지 않았다. 서 있다기보다 용을 쓰는 것 같았다. 가까이 다가선 순간 직감적으로 아이가 숨을 쉬지 않는다는 생각이 들었다. 입을 벌리려고 볼 아귀를 쥐어도 좀처럼 열리지 않았다. 급한 마음에 아이를 들쳐 안고 아내를 불렀다. 겨를이 없었다.

　　맞은 편 이웃집 철문을 두드려 도움을 요청했다. 잠에서 깨어 나온 이웃에게 응급실까지 같이 가주기를 부탁드렸다. 아저씨의 재빠른 도움으로 아이를 부둥켜안고 차에 올라탔다. 가장 가까운 대학병원까지는 이 끝에서 저 끝이었다. (병원 도착까지 있었던 여러 우여곡절을 생략하고) 최대한 빨리 병원에 도착해 응급진료를 받았다. 불안한 채 우두커니 서 있는데 접수부터 하라는 소리가 들렸다. 그런데 웬걸, 지갑은 고사하고 신발도 못 신고 온 걸 알게 되었다. 사정을 얘기하고 집으로 가는 길, 대기 중인 택시 앞자리에 앉아 왕복 요청을 했다. 얼마간 주행하다 내 몰골을 살핀 기사님이 "무슨 일이 있었냐?"라며 조심스럽게 물었다.

여차저차 설명 드리며 혹시 택시비 못 낼까 싶어 그러나 생각하는데, 택시가 길가 버스정류장에 섰다. 의아해하며 기사님을 바라보니 얼굴을 핸들에 묻고 어깨를 들썩였다. 울먹이는 목소리로 두어 해 전 자신도 같은 병원 응급실로 아이를 둘러업고 왔다가 그만 먼저 보냈다고 했다. 그 말에 둘 다 한참을 울었다.

다시 병원에 도착하니 아이는 잠들어 있었고 아내가 그 곁에 바짝 붙어 있었다. 큰아이의 병치레는 그날부터 5~6년간 이어졌다. 그 기간 아내는 정말 지극 정성이었다. 대신 딸아이는 늘 뒷전이었다. 딸은 당연하다고 생각하는지 보채지도 않았다.

너무 미안한 건 그 일이 있던 날, 우리가 딸아이를 어떻게 했는지 기억을 못 한다는 거다. 병원에 갈 때 함께 차에 태우지도 않았다. 그렇다면 아이는 빈 집에 혼자 있었을까? 다른 집에 맡겼을까? 도무지 기억이 안 난다.

"미안하다, 딸아!"

엄마 손길

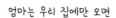

엄마는 우리 집에만 오면

내가 닦지 않은 곳만 찾아내어
걸레질한다.

현관문 바닥도
잘 닦고 있니?

전자레인지 안쪽도 닦아야 해.

창틀도 닦고

우리 집에 왔을 때만이라도
편히 쉬다 가면 좋겠는데 말이다.

엄마 눈에는 내가 그저
어린 딸로만 보이나 보다.

나는 어느덧 된장찌개도 미역국도 잘 끓이는
주부 8년 차인데

그래도 아기를 케어할 때만큼
엄마도 한 걸음 뒤에서 나를 바라본다.

일어나쪄요~
기저귀 갈자.

이제는 엄마 손길이 필요하지 않지만,

할머니
빠빠이

엄마 갈게—
전화해~

태림이 안녕~
할미 또 올 게~

어째서인지 손길이 필요 없어지니

엄마
엄마

엄마가 전부였던 시절이 그립기도 하다.

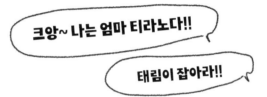

크앙~ 나는 엄마 티라노다!!

태림이 잡아라!!

이제는 내 손길이 필요해진 엄마 아빠

응, 엄마 도착했어?

태림이는 이제 낮잠 자.

그건 내가 나중에 인터넷으로 주문해 줄게.

시간이 조금 천천히 갔으면···.

엄마의 꿈

어느 날 엄마가 물었다.

고민도 없이 대답이 나왔다.

나는 성우가 되고 싶었어.

의외의 대답이면서도
상상해 보니 엄마와 너무 잘 어울렸다.

← 성당 성가대 단원

근데 왜 성우 안 했어?

그 시절엔 지금처럼
인터넷도 없었고…
어떻게 해야 하는지도 몰랐고…

정말 정말 아쉽다는 생각이 들었다.

아쉽네.

엄마 성우 했으면
아주 잘했을 것 같아.

하지만 그녀는 지금

할머니
태림이랑 책 함께 읽을래?

성우의 꿈을 손주들 앞에서
펼치고 계신다.

우와!!

커어다란~
아주 아주
커다란!

스물아홉 살 미란이는 대단하기도 하지

어릴 적 내 사진첩을 보면

사무실 같은 곳에서 찍은
사진이 많다.

여기가 어디야?

응, 아빠 현장 사무실

건설업에 종사하신 아빠는 새벽에
출근해 저녁 늦게 들어오셨다.

온종일 엄마 혼자
연년생 아기들을 보기에는   맘마!   엄마

많이 외로우셨다고 한다.

그래서 엄마는 종종 아빠가 야근하는 날이면
회사로 우리를 데려갔다고 했다.

내가 아기를 낳기 전까진 이런 얘길 들으면

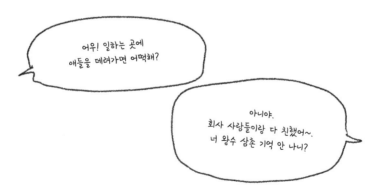

엄마의 행동이 너무 튄다고만 생각했는데

아기를 낳고 그 얘길 다시 들으니,

그때 엄마 나이
스물아홉 살(?) 정도
되었을 거야.

그 외로움에 공감 가면서
나보다 더 어린 나이에 겪었을 여러 일이 생각 나
엄마가 무척 짠했다.

네!

아빠 사무실에서는
물건들 함부로
만지면 안 돼~.

스물아홉 살의 미란이는 정말 대단했다.

오빠

잠깐 잠깐 등장했지만, 제대로 소개하자면

내겐 오빠가 있다.

오빠와 나는
흔히 말하는 남매 사이라기보다

그보다는 조금 더 가깝다.

그럴 수 있었던 이유라면
오빠가 너무 착했기 때문이다.

오빠는 내 친구들이 모두 인정하는
착한 사람이었다.

그런 착한 오빠 밑에서 자란 나는
누구에게나 자연스럽게 싸우면 늘 잘못한 동생이
되어 있었고,

그래서 나는 오빠가 좋으면서도 얄미웠다.

이유 없이 할퀴기도 했고,
때리기도 했다.

그렇게 해도 오빠는 내게 먼저
싸움을 걸지 않았다.

오빠는 여렸고, 눈물도 많았다.

정말 정말 눈물이 많았다.

그리고
강한 자가 교실을 지배하던 학교에서도
그것이 약점이 되어 오빠에게로 돌아갔다.

초등학교에서도 오빠는 자주 울었다.

그리고 오빠가 울었다는 소식을 들을 때마다

나는 눈을 부라리며 오빠가 있는 곳으로 달려갔다.

다행히 오빠가 중학생이 된 이후로
더는 오빠의 눈물 소식은 들리지 않았다.

저요…?

네가 재현이 동생이구나~
재현이 동생도 그럼
공부 잘하겠네—
기대할게~

내가 결혼한 후로는 함께하는 시간도 줄고
사는 곳도 멀어졌지만,

여, 뭐하냐?

신혼집 놀러 오라니깐!

내게는 여전히 착한 오빠다.

아, 나 회사야…

이따 전화 드림.

태림이를 볼 때면 자꾸만 오빠가 떠오른다.

우리 엄마 마음을 이제야 알겠다.

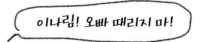

나의 외할아버지

태림이와 아빠가 같이 있는 모습을 보고 있으면
내 외할아버지가 떠오른다.

외할아버지는 열다섯 명의 손주 중에서
나를 가장 편애하셨다.

그도 그럴 것이, 나는
외할아버지의 막내딸이 낳은 막둥이였으니깐.

우리
미란이 왔냐~

아빠!

우리 엄마는 여덟 자식 중 막내다.

8남매 중
막내예요.

그런 이유로 친할머니께서는
아빠 엄마의 결혼을 반대하셨다고 한다.

막내딸은 안 돼!!!

친할머니 예상대로 엄마는
금이야 옥이야 외할아버지 품에서 예쁜 꽃처럼 자랐고.

너무 걱정하지 마
엄마는 내가
설득할 거야.

네···

그런 막둥이 '꽃'이 본인과 똑 닮은 막내딸을
낳았으니 우리 외할아버지가
어찌 눈에서 꿀이 안 떨어졌을까.

할아부지~

그래서 나는 외갓집 가는 게 세상에서 제일 좋았다.

엄마 우리 외할머니네
언제 가??

빨리 가자아아.

재원아, 제사 마치고
뒷정리하고 그때
출발할 거야.

오직 나만이 외할아버지 무릎을 차지할 수 있었고

잘 때도 외할아버지 옆자리는 내 차지였다.

나 할아버지랑
잘 거야!

나는 외할아버지가 정말 정말 좋았다.

할아버지
옛날 얘기해 줘.

하지만 자랄수록 나는 좋아하는 게 많이 생겼고

재원아, 외할머니댁
안 갈 거야?

응. 안 갈래.

애들 만나기로 했어.

점점 잊혀져 갔다.

재원! 외할아버지
전화 받아라!

아, 나 지금
샤워 중이잖아!

나중에!

그리고 내가 중학생 무렵
외할아버지께서 돌아가셨고, 나는 할아버지를 완전히 잊어버렸다.

수능 D-XXX

할 수 있다
가자 인서울

그런데 요즘 자꾸 외할아버지 생각이 난다.

신기하게도 아주 어릴 적 돌아가셨는데
얼굴과 목소리가 또렷이 기억난다.

얼굴 한쪽에 크게 있던 검버섯,
나를 보고 웃으시던 그 표정.

유일하게 떠오르지 않는 게 있다면
외할아버지의 무표정이다.

나를 볼 때 단 한 순간도
웃지 않으신 적이 없었으니까.

수렁에서 건진 내 딸

　　하는 일이 늘 숫자를 달고 사는 업무다 보니 나는 셈은 빠른 편이라고 생각했다. 하지만 같은 셈으로 하는 것이거늘, 이 놀이에 한 번 빠지면 그간 장착한 가감승제 능력이 무력해짐을 경험한다. 웃어도, 찡그려도, 어떤 표정을 지어도 안 된다. 직장 동료들은 이런 날 두고 "코 묻은 돈 빼 먹는 것 같다"며 자꾸 뒷전에 두려 했지만, 그 말이 더 내 전의를 불타오르게 했다. 그래도 별 수 없었다. 빙 둘러앉은 자리를 기필코 비집고 들어가지만, 제일 먼저 손 털고 일어나는 건 늘 나였다. 그때마다 목덜미 잡고 일어서는 내게 저희끼리 "쟤 지갑은 먼저 보는 놈이 임자여"하고 비수를 꽂았다.

　　내 딸은 8남매 막내 자리에 있는 아내가 낳은 막둥이다. 늦둥이 막내딸을 항상 예뻐해 주신 장인이다 보니 그 자식이 낳은 손녀 역시 무척 귀여워하셨다. 지금 생각해도 내 딸을 바라보는 장인어른의 눈에는 늘 꿀이 뚝뚝 떨어지는 것 같았다. 그런 외할아버지 사랑을 체감해서인지 손녀도 할아버지와 무척 잘 지냈다. 모처럼 외가에 가면 딸은 엄마 아빠 오빠가 다 외출을 해도 외할아버지와 함께 남아 있었다. 그런 딸이 중학생이 된 어느 날이었다. 퇴근 후 저녁을 먹는데 아내가 아이 학교에서 '한번 다녀가라'는 연락을 받고 갔다 왔다는 거다. 안 그래도 요 며칠 하루가 멀다 하고 교복을 빨아대 이상하게 생각했다고. 거기다 학교에서 들은 이야기가 "뜨악"했다고 했다. 방과후 도서관에서 아이들과 화투를 쳤다는 거다. 하우스(?)를 개장하고 장비(?)를 제공한 주범으로 우리 딸이 지목되었다니 황당하기 그지 없었다. 학교에서는 계도 차원으로 얼마간 화장실 청소를 벌했다고. 그래서 그토록 교복을 자주 빨았던 거다. 불현듯 아이 가방에 복주머니 같은 걸 달랑거리고 다닌 게 생각났다. 크기로 보나 무게감으로 보나 마흔여덟 장 그것이 담긴 주머니였을 게다.

언젠가 처갓집 안방에서 "이거 먹어야지" 하던 소리가 입에 들어가는 게 아니었구나 싶었다. 뭐든 알려 주고 싶은 외할아버지께서 우리 딸에게 '대단한 기술'을 전수하셨나 보다.

"딸아! DNA는 감출 수 없단다. 인제 손 씻었겠지?"

아빠에게 '할아버지가 된다는 것'은

아빠는 우리 아기들을 만나고 온 날이면
나와 닮은 점들을 기 막히게 찾아내
신명나게 이야기하시곤 한다.

머리카락이 자라는 모양이며,
하다못해 손발톱까지,
아빠 눈에는 나와 내 아기들이 똑 닮아 보이는 것 같다.

아빠에게 할아버지가 된다는 것은
어린 시절의 나를 만나는 것일까.

우리들의 블루스

　　　　　30대에 내가 근무하던 사무실에는 대략 십여 명이 함께 있었다. 적당한 나이 차, 서열 속에 앞서거니 뒤서거니 결혼했고 출산을 했지만, 그 중 세 사람은 아이가 없었다. 그렇다 보니 아이 이야기는 자연스럽게 금기어였다. 자식 키우며 생긴 이런저런 이야기를 해 본 경험이 없어서인지 주변에 나보다 먼저 할아버지가 된 사람들이 하는 손주 자랑이 여간 생경하고 불편했다. 처음 몇 번은 들어주지만, 인내심이 한계치를 넘어서면 슬며시 "앞으로 손주 얘기하려면 돈 내고 하라"며 면박을 주었다.

　　그랬던 내가 할아버지가 되었다. 손주 녀석을 보고 오면 입이 궁싯거리는 게 딱 똥 마려운 강아지였다. 에둘러 남 얘기하듯

해볼까 싶다가도 속이 빤히 보이는 것 같아 마음만 들끓었다. 임금님 이발하다 귀를 본 이발사 마음을 그제야 알 것 같았다.

결국 그 욕구를 집에서 해소한다. 이런 얘기를 들어줄 사람이 이 세상에 아내 말고 또 있을까. 아이들이 집에 다녀가거나 영상 통화를 하고 나면 우린 곧 대결 한 판이 벌어진다.

주로 밥 먹을 때 밥 한술 뜨고 손주 자랑에 여념이 없다. 아이 흉내를 내고 실성한 사람처럼 웃느라 밥도 제대로 먹기 어렵다. 손주가 넘어져도 울어도 보채도 다 귀여우니, 모든 얘기가 재미난다. 과장과 부풀리기로 난리 블루스를 춰도 서로가 기꺼이 받아주고 오히려 부추기까지 한다. 이런 우리들의 기쁨을 아는지 모르는지, 요즘 딸아이 연락이 뜸해서 서운하다.

"딸아, 너희들 목소리가 우리에겐 최고로 좋은 활력소란다."

놀이는 추억을 만들고

어렸을 적
가장 기억에 남는 놀이라면

재현아 재원아
나와서 놀자아!

바로 '지붕 놀이'다.

이 놀이의
핵심은 지붕이지!!

자 올라갑니다.

어서 와

아빠가 있는 힘껏 지붕 위로
공을 던지면

어디로 떨어질지 모르는 공을 받는 놀이다.

연속으로 오빠가 받기라도 하면
아빠는 내 따가운 눈총을 받아야 했다.

우하하
내가 바로
공 받기의 신이시다!

그렇게 공 받기 놀이를 좋아했던 나는 커서···

얘들아
피구하자!!

공 피하기 고수가 되었다.

와 또 유재원 혼자
살았네!!

요즘 부쩍 그때 그 시절이 떠오른다.

엄마 일어나
놀자!!

음···뭐 하고 놀까아···

나의 아빠

손주들 보러 우리 집에 놀러 올 때면
아빠는 꼭 이런 말씀을 하신다.

> 아휴, 아기 보는 일이 진짜
> 보통 일 아니구나.

대부분 아빠가 그렇듯, 우리 아빠도
한 가정을 책임져야 했기에
아침 일찍 출근하고 저녁 늦게 집에 오셨다.

그래서 아빠는 내가 육아하는 걸 보면
엄마에게 너무 미안한 마음이 든다고 하신다.

젊었을 적 자식들 자는 모습만
봤다던 아빠

그래서일까.
아빠는 태림이 나림이랑 하고 싶은 게 참 많다.

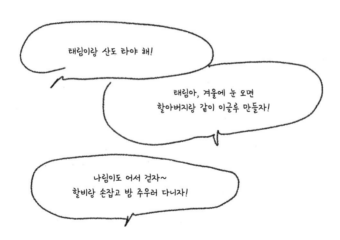

태림이랑 산도 타야 해!

태림아, 겨울에 눈 오면
할아버지랑 같이 이글루 만들자!

나림이도 어서 걷자~
할비랑 손잡고 밤 주우러 다니자!

아빠 더 이상 미안해하지 마.
아빠는 최고 멋진 할아버지이기 전에

최고로 멋진 내 아빠니깐.

무궁무진 할비랜드

나는 이제껏 손주 장난감을 사준 적 없다. 가끔 장난감을 사줄 요량으로 살펴본 적은 있지만, 어째 손이 가지 않았다. 대신 장난감을 만들어 주었다. 이를 테면 종이박스에 구멍을 뚫고 줄을 연결해 만든 박스자동차 같은 거다. 상자 밑에 깔개를 깔고 아이를 태우면 끝이다. 아이를 태우고 온 집안을 끌고 다닌다. 상자 뒤에 상자를 이어 붙이면 두 손주와 기차놀이도 가능하다. 속도를 내기도 하고 제자리에서 빙글빙글 돌기도 한다. 그러면 아이들은 "깔깔깔깔" "한 번 더! 한 번 더!"를 연신 외치며 아주 신이 난다.

"얘들아, 다음에는 낙엽 태우기로 하는 불장난이 기다리고 있단다. 기대해라!"

우리 아기 덕분에

아기가 태어나고, 부모님과 나 사이
달라진 점이 있다면

🎥	울엄마	어제
🎥	울엄마	어제
🎥	울엄마	어제
🎥	울엄마	어제
🎥	울엄마	어제

영상 통화 빈도수가 아주 아주
급격히 늘어난 것

남편이 출근하고 난 뒤,
집 안에 아기와 나 단둘이 계속 있다 보면

몸은 바쁜데도 자꾸만 마음이 허할 때가 생긴다.
그때마다 나는 영상 통화 버튼을 누른다.

엄마 뭐하려나~

한껏 예쁜 목소리로 우리 아기 이름을 불러주고

태림아~

가사도 다 엉터리인 동요를 불러주는
엄마 아빠 모습을 보면 허했던 마음이 금방 채워진다.

문득 그런 생각이 들었다.

비록 기억은 안 나지만

내 아기를 통해서 볼 수 있으니

얼마나 감사한 일인지—

"끙 차"

큰손주가 어느덧 자라 "엄마" "아빠" "까까"라는 말을 하기 시작하더니, 들을 때마다 나를 흐뭇하게 해주는 말이 있다. 그 말은 바로 '끙 차'다.

이 녀석은 안아달라고 할 때 꼭 "끙 차"라고 한다. 누가 일부러 가르쳐 준 것 같지 않고, 아마 할머니가 녀석을 안고 일어설 때 "끙 차" 했던 소리 때문인 것 같다. 나는 손주 입에서 나오는 이 말이 참 듣기 좋다. 내 무릎을 잡고 올려다보며 나와 눈 마주치고 "하부지 끙 차"라고 한다. 마치 내게 '힘내라'고 응원하는 것 같기도 하고, '나도 힘들어'하는 듯싶기도 하다. 아이가 요맘때면 젊은 엄마 아빠는 육아로 무척 힘들 테지만, 할아버지가 되고 보니 손주 커가는 이 시간만큼 빨리 가는 게 없다.

어느새 손주의 "끙 차"가 "하부지 안아줘"로 변했다. 아이가 컸다는 증표이니 좋기도 하지만, 바로 얼마 전 "끙 차"하던 시간이 그립다.

"태림아! 할애비는 요즘 하체 운동을 열심히 하고 있구나. 태림이가 "끙 차" 하고 안아달라 하면 언제든 널 번쩍 안아 올릴 수 있어야 한다고 생각하니까, 운동이 하나도 힘들지 않아."

이런 게 손주 둔 부모님 마음

나림이 등원 길에 언제나 마주치는 청소 아주머니가 계신다.

나림이를 만날 때마다 예뻐해 주셔서
나도 기분이 참 좋다.

항상 나림이를 '아기'라고 부르시다가
그날은 이렇게 부르시더라.

우리 아기-
어린이집 잘 다녀와요~.

아차!
나도 모르게 우리
손녀딸 부르듯이 불렀네.

하하하

그 말이 너무나 사랑스러우셨다.

이제 막
돌 지났어요.

손녀분이 비슷한
개월 수인가 봐요!

깔깔깔

그러고 보면 나림이를 안고 길을 걸을 때면,
지나가시는 할머니 할아버지들께서
세상 온화한 표정으로 아기를 쳐다봐 주신다.

아마도 손주들이 생각나신 거겠지.

지하철에서 나림이와 비슷한 개월 수의 아기를 보곤,
내게 영상통화를 건 우리 아빠처럼

매일 아침 얼마나 보고 싶으실까.

자, 이제 선생님들
만나러 가자~.

역시 우리 아빠

자고로 우리 집 가족 채팅방이란

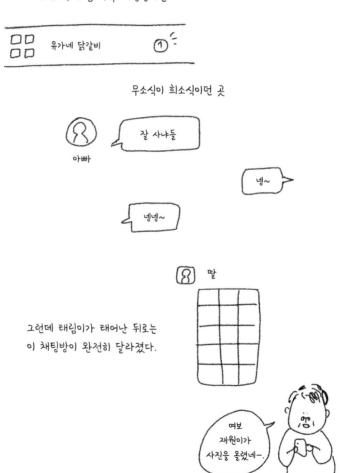

유가네 닭갈비 ①

무소식이 희소식이던 곳

아빠

잘 사냐들

넹~

넹넹~

딸

그런데 태림이가 태어난 뒤로는
이 채팅방이 완전히 달라졌다.

여보
재원이가
사진을 올렸네~

매일 같이 아기 사진을 보내 드렸다.

초반에는 매우 열심히 보내 드리다 뒤로 갈수록 뜸해졌는데

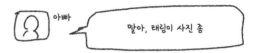

자꾸만 사진을 보내 달라는
아빠의 말이 귀찮기도 했다.

그리고 일 년이 지나서

왜 그리도 내게 매일 사진을 보내 달라고 하셨는지 알게 되었다.

아빠가 건네준 투박하게 제본된 책에는
내가 그간 보낸 사진들과 함께 일 년 치 일기가
빼곡히 적혀 있었다.

나도 미처 까먹고 지나간 너무나
사소한 육아 일상들

내가 몰랐던, 할머니 할아버지가 된
엄마 아빠의 감정들까지—

일기에는 이런 문장이 자주 쓰여 있더라.

태림아, 네 엄마는
웃는 모습이 참 예쁘다.

아빠 앞으로도 웃는 모습 자주 보여줄게.
고마워. 내 아빠여서,
우리 아기의 할아버지여서.

할아버지라는 지위로

딸은 조기 결혼이라는 효행(?)으로 내 신분을 높여 주었다. 덕분에 '할아버지' 호칭을 얻게 되었으니 말이다. 하릴없이 할아버지 소릴 듣는데, 나도 뭐라도 해야 할 것 같았다. 그래서 시작한 게 손주들 나면서 돌이 될 때까지 들었던 생각을 기록으로 남기는 일이었다. 이런 나를 보고 딸아이는 할아버지가 쓴 육아 일기라며 추켜세웠다. 하지만 어림 반 푼어치도 없는 말이다.

나는 그저 두 손주가 "하부지"하는 소리 듣고 입 벙긋하고 "헤" 벌리는 것만 봐도 즐겁고 행복하다.

이제야 알게 된 엄마 마음

어렸을 때는 이 말이 가장 이해가 안 되었다.

하지만 자식을 낳아도
난 여전히 배가 고팠다.

그런데 언제나 그렇듯-
엄마 말은 틀린 법이 없었다.

엄마 맛있다-
이거 또 해주세요.

그 말이 이해되기까지 시간이 걸렸을 뿐.

많이 먹어.
엄마가 또 해줄게.

자식을 낳고 키워 보니 그간 이해 못 했던 것들이
실타래 풀리듯 술술 풀리기 시작한다.

그리고 그 안에는

내가 미처 발견 못한,
지금껏 당연하다고 생각했던
엄마 아빠의 사랑도 보인다.

사과 한 쪽만 먹고 가!!

밖에 추워. 목에 손수건 해.

정말이지 안 먹어도 배가 부르다.

배불러.

엄마 다 먹었어.

아빠에게

태림이가 태어나면서 나는 엄마가 되었고,
아빠는 할아버지가 되었네.

요즘 아빠를 할아버지로 더 많이 부르는 것 같아.
그래서 그런가.

아빠 얼굴이 할아버지의 모습으로
변해가는 게 보인다.

검은 머리보다 더 많아진 흰머리.
손등 위로 피어난 크고 작은 검버섯들.

자꾸만 겉모습까지 할아버지가 되어 가니
속절없이 가버리는 시간에 속상하면서도

다른 한편으로
우리 아기들이 별 탈 없이 커 가는 이 시간에 감사하고 있어.
그런 거 보면 나도 부모인가 보네.

이제 나도 얼마 지나지 않아 '엄마!' '아빠!'라는 호칭을
말하는 날보다 듣는 날이 더 많아질 테지만,

그 시간이 아주 아주 천천히 왔으면 좋겠다.

아니, 그냥 아빠가 영원히 내 아빠였으면
좋겠어.

소이부답 십자한

　　　　　소설을 읽거나 드라마를 보면 주인공이 난
처한 순간임에도 '어쩜 저리도 말을 잘할까?' 할 때가 있다. 물론
드라마이고 소설이니까 가능한 일이라고 생각하면서도 매사 한
박자 늦고 생각보다 말이 더 앞서는 부족한 사람인 걸 내 스스로
잘 알기에 부러움에서 발동한 생각일 게다.

　　책 속에 딸아이가 그린 '상처(p.168)'를 보고 오래도록 가슴
에 뭐가 얹힌 듯 답답했다. 뭐라고 화답을 해주고 싶은데, 이런
저런 생각이 몽글몽글 피어오르기만 할 뿐 글로 써지지 않았다.
며칠이 지나도 갈피를 못 잡고 생각만 가득할 때 아내가 "무슨
일인데?"하고 물어 몇 마디 했다. 가만히 듣던 아내의 표정을 보
니, '저 사람도 나와 다를 것 없구나' 싶다.

　　딸아!

　　자는 너희 머리맡에 앉아 "사랑한다"고 말하고 이마에 입 맞

추는 행위가 단순히 머리를 쓰다듬고 돌아서는 행위보다 더 좋고 더 사랑스럽다고 말할 수 있을까. 감정이 이끄는 행위에 우위를 정할 수 없듯, 제대로 말 못 하는 상황에서도 전해지는 마음이 '속정'이란다. 깨물면 다 아프지만, 우리에겐 깨물기도 전부터 아파하고 있는 손가락이 있었다. 보통의 가정과 구분되는 아픔의 차이가 그 지점에서 있었던 것 같구나.

안개처럼 뿌연 마음속 생각을 글로 옮기는 일은 애당초 무리였다. 어떤 말이라도 해주고 싶은데, 그럴수록 무의미하다는 생각이 들어 침묵을 선택되니 말이다. 생각이 이토록 제자리에서 맴돌기만 할 때 문득 한시(이백, 산중문답)의 한 구절이 생각나 그걸로 아빠 마음을 대신하려고 한다.

소이부답(笑而不答)
아빠는 '그저 웃지요' 할 테니,

심자한(心自閑)
부디 딸아, 너는 '마음 편하지요'라고 해주면 좋겠구나.

고맙다. 사랑한다.

위충충 아비 위병곤

안 먹어도 배부르다

초판 1쇄 발행	2024년 12월 25일

지은이	유재원 · 유병곤
책임편집	홍성희
진행	송기자

디자인	ALL design group

펴낸곳	빛날;희
출판등록	2015년 10월 26일, 제 2016-000082호
내용·구입 문의	youcoffee@gmail.com
ISBN	979-11-990483-0-0 03810